Julius Wolff

Der Rattenfänger von Hameln

SAGA

Julius Wolff

Der Rattenfänger von Hameln

ISBN/EAN: 9783944349992

Auflage: 1

Erscheinungsjahr: 2013

Erscheinungsort: Bremen, Deutschland

Der
Rattenfänger von Hameln.

Eine Aventiure

von

Julius Wolff.

Mit Illustrationen von P. Grot Johann,
in Holz geschnitten von H. Kaeseberg und H. Thiele.

Sechzigstes Tausend.

Berlin,
G. Grote'sche Verlagsbuchhandlung.
1894.

Allen lieben Spielleut

Ihr lieben Spielleut allesammt,
Ob arm, ob Schätze sparend,
Wie Ihr auch heißt, woher Ihr stammt,
Ob seßhaft oder fahrend,
Ihr Sinner und Erzähler all,
Poeten, Troubadoure
Und Musikanten überall,
Nehmt hin die Aventiure.

Die Ihr trompetet und posaunt
Und quinkelirt und zimpert,
Paukt, trommelt, rasselt und rasaunt
Und fingert, knipst und klimpert,
Ob Flöte oder Clarinett,
Ob Brummbaß oder Geigen,
Ob Harfe oder Hackebrett
Ihr klingen laßt zum Reigen,

Und die Ihr singet hochgemuth —
Wie ist doch gottbegnadet,
Wer in der eignen Töne Fluth
Die frohe Seele badet!

Wer von der edlen Zunft ein Glied
Der Spieler und der Sänger —
Euch widme ich getrost mein Lied
Vom Ham'ler Rattenfänger.

Ist eine alte Stadtgeschicht,
Halb spaßhaft und halb schaurig,
Wär' nur das letzte Ende nicht,
Ihr Brüder, gar zu traurig.
Manch seltne Chronik schlug ich auf,
Urkunden, Pergamente,
Daß ich erführ' der Dinge Lauf,
Sie recht bei Namen nennte.

Doch nirgends giebt es im Archiv
Für Forscher was und Finder,
Als daß ein Pfeifer kam und rief
Die Ratten und die Kinder.
Ein Spielmann war er, so wie wir,
Fuhr durch das Reich die Straßen,
Sang, spielte, küßte, so wie wir,
Kühn über alle Maßen.

Und daraus ich dies Lied ersann,
Wie ich mir das so dachte,
Jedweder macht es, wie er kann,
Ein Schelm, wer's besser machte!
Hier sitze ich am Meeresstrand
Und höre Wellenrauschen,
So mögt, Gesellen, Ihr im Land
Nun meiner Märe lauschen.

Mit vollen, weißen Segeln zieht
Ein Schiff am Horizonte,
O daß doch auch so führ' mein Lied,
Daß so das Glück ihm sonnte!
Ich gab ihm lust'ge Zeichen schon,
Die kommen ihm zu Statten,
Es führt die Fiedel am Gallion
Und in der Flagge Ratten. —

Ihr lieben Spielleut, nehmt in Kauf,
Was Euch an ihm verdrossen,
Und schließt ihm Eure Herzen auf,
Dem Hameler Genossen.
Es geht die Sage wie ein Sang
Von ihm durch's alte Sachsen,
Und auf dem Koppelberg ist lang
Darüber Gras gewachsen.

Ostende, Juli 1875.

Inhalt.

———

———

Der Rattenfänger von Hameln.

I

zu-Rathhause.

In dem Rathhaussaal zu Hameln
Tagt des Raths Wohledle Weisheit.
Dicke Mauern, deren Pfeiler
Hochgeschwungne Bogen tragen,
Gürten die gewölbte Halle.
An der Decke ist der Himmel
Abgemalt mit Mond und Sternen;
Wie die Sonne aus den Wolken
Strahlt herab das Gottesauge
Deß zum Zeichen, daß auch Alles,
Was in diesem Saale vorgeht,
Der Allgegenwärt'ge schauet.
An der Wandung breit'ster Fläche
Ist des heil'gen Bonifacii,

Dem das alte Stift geweiht ist,
Irdische Mission geschildert,
Wie die Heiden er bekehret,
Hier die Donnereiche fället,
Dort von Friesen wird erschlagen.
Und in einem andern Felde,
Wie Bernhardus, Graf von Bühren,
Von Angarien auch genannt wohl,
Und Christina, seine Gattin,
Mit dem schatzbeladnen Esel
Betend stehen und geloben,
Eine Kirche da zu bauen,
Wo sich Bruder Langohr müde
Oder faul zur Ruhe strecke.
Hier just blieb der Esel liegen,
Und auf so geweihtem Boden
Gründeten sie Bonifacio
Eine Stätte, die mit Mönchen
Aus dem Orden Benedicti
Segenspendend er besetzte.
Eine kleine Stufe höher,
Als des Saales grauer Estrich,
Abgesperrt durch eine Schranke,
Steht der Sitzungstisch des Rathes,
Drauf des Heilands Bild am Kreuze
Und das Stadtbuch, der Donat,
Hameln's Codex statutorum.
Um den Tisch im Halbkreis sitzen
Auf den lederüberzognen,
Hochgelehnten Polsterstühlen
Die zwölf Rathsherrn, und den Vorsitz
Führt Herr Wichard Gruwelholt,
Hameln's wackrer Bürgermeister.
Edle Herren sind die Zwölfe,

Graue Häupter der Geschlechter,
Männer auch in besten Jahren
Sind dabei, die Schwert und Lanze
Besser, als die Feder führen;
In die Stirne hängt das Haupthaar,
Wallt auf steif getüllten Kragen,
Der den kräft'gen Hals umschließet
Und das bärtige Gesicht.
Wamms und Mantel zeigen Wohlstand,
Nicht gespart sind Sammt und Seide
Auf dem feinen Tuch aus Flandern,
Und man sieht, bewußt ist Jeder
Seines Amtes sich und Werthes
In der schwierigen Berathung.

Ernste Dinge, schwere Sorgen
Stehen auf der Tagesordnung,
Und die Wichtigkeit der Sitzung
Blickt aus jeder Rathsherrnmiene.
Um gemeiner Stadt Vermögen
Handelt's heut sich, um den Säckel,
Den der Bürgerschaft Erwählte
Ihrem braven Monetarius
Johann Steneken vertrauten.
Eben hat in längrer Rede,
Wohl gespickt mit glatten Zahlen,
Er vom Stande der Finanzen
Ein nicht grade sehr erbaulich
Bild dem hohen Rath entwickelt.
Näher rückt das Fest Martini,
Wo die Stadt dem Herzog Albrecht,
Braunschweig's Fürst und Oberlehnsherr
Der Vogtei, hat zu bezahlen
Vierzig silberne Talente.

1*

Sind auch schwere Kriegesschulden
Aus der großen Mind'ner Fehde
Noch zu tilgen, die um Hameln
Einst der Eberfteiner führte
Mit dem Bischof Wedekinde,
Und die für die Stadt sich schimpflich
Wendete und ach! so traurig
Mit der Schlacht von Sedemünden.
Auch um Herzog Albrecht's Kasse
Stand's gewöhnlich nicht zum Besten;
Oftmals war die Stadt verpfändet,
— So auch jetzt dem Lüneburger —
Doch den Pfandschilling zu leisten,
Fehlt' es wieder mal dem Lehnsherrn,
Und um Brandschatzung zu meiden,
Mußte sich der Rath bequemen,
An Herrn Otto den Gestrengen
Auch den Pfandschilling zu zahlen.
    Wie zu tragen solche Lasten,
Stritt sich nun der Rechenmeifter,
Eine spröde Zahlenseele,
Scharf und klar wie ein Exempel,
Mit Henricus Hogeherte,
Der die Zölle und Gefälle
Hatte jährlich auszuschreiben
Das verdrießlichste der Aemter.
Forderte der Monetarius
Von dem Zöllner neue Steuern,
Weil nicht anders auszukommen,
Schalt der Zöllner die Verwaltung
Die nicht hauszuhalten wüßte,
Hier verschwendete, dort kargte,
Aber nie am rechten Orte.
Bürgerschaft und Zünfte waren

Nicht des Zöllners beste Freunde,
Doch im Strauße mit dem Geldmann
Steneken, dem Pfennigfuchser,
Hatt' er sie auf seiner Seite;
„Es geschieht nichts, hieß es mürrisch,
Für den Schoß, den wir bezahlen,
Nirgends sieht man eine Beff'rung
Und Verwendung, möchten wissen,
Wo das viele Geld mag bleiben."
Also klagten sie und drohten,
Hielten Reden auf den Stuben
Ueber ihres Rathes Wirthschaft,
Und der Vierundzwanz'ger „Umstand"
Paßte scharf ihm auf die Finger.
Heute wieder kam's zum Klappen
Zwischen jenen beiden Rathsherrn,
Und es fielen schwere Worte.
Bald der Eine, bald der Andre
Sprang vom Stuhl auf im Gefechte;
Wenn der Zöllner heftig ausfiel,
Braun und blau vor Aerger wurde,
Blieb der Geldmann kalt und trocken,
Doch mit spitzen Redestacheln
Reizte er noch mehr den Gegner.
Jeder hatte seinen Anhang
Hier am Tische, zu Parteien
Schloßen sich die Bundsgenossen,
Und es kreuzten sich wie Klingen
Ruf und Schelten aller Zwölfe.
Mit Herrn Steneken getreulich
Hielt es Ludolph Senepmole,
War ein Greis, beredt und lebhaft,
Und Marquardus de Golterne,
Ein geschworner Feind der Zünfte,

Welche ihm sein reich gestepptes
Wamms aus Bremen nicht verziehen;
Bertram Lupus mit der Narbe,
Bischöflichen Angedenkens,
Brauste auf in jähem Zorne;
Tile Scadelant, sein Schwäher,
Und sein Vetter Klaus Grobowe
Stimmten blindlings immer mit ihm.
Auf Herrn Hogeherte's Seite,
Der ein Lebemann und selber
Großen Aufwand macht' im Hause,
Stand nun Giso Senewolde,
Edelmüthig von Gesinnung,
Doch mit raschem, heißem Blute,
Thidericus de Emberne,
Stolz und vornehm, aber bissig,
Hetzte ihn und gab das Stichwort,
Das am meisten Jene wurmte
Und wie Kipper klang und Wipper;
Heftig lärmten Bruno Dives,
Amelung de Oldendorpe,
Der, wie Jedermann bekannt war,
Nach dem Ritterschilde strebte,
Und Matthias Werengisi,
Ein gewalt'ger Mann, der trutzig
Sein Baret mit langer Feder
Tief sich in die Stirne drückte
Und mit Sporen stets einherging.
Drohend stieg das Ungewitter,
Rothe Zornesadern schwollen,
Und ein Stampfen gab's und Toben
Daß die Fensterscheiben klirrten.
Einer aber hatt' ein Gaudium
An dem lichterlohen Brande:

Jacob Werner Ethelerus,
Hohen Raths gelehrter Schreiber;
Außen ließ er sich nichts merken,
Wem er Recht gab in der Meinung,
Doch er lachte sich ins Fäustchen,
Freute sich am Zank und gönnte
Jedem recht sein Fett von Herzen,
Ja, er hätt' es gern gesehen,
Daß sie sich beim Kragen kriegten
Und statt scharfer, grober Worte
Hageldichte Streiche fielen.
Aber kam es auch im Rathe
Nicht zum Spruche und Beschlusse,
Wie das Geld wohl zu beschaffen,
Bis zum Prügeln kam's nun doch nicht;
Dem Getöse und Gezänke
Macht' ein End' der Bürgermeister,
Der mit seines Schwertes Knaufe
An die eichne Tafel pochte
Und mit Amtes Kraft und Würde
Sich nun also ließ vernehmen:

„Ehrenfeste und Fürsicht'ge,
Günst'ge, liebe Herrn Collegae!
Maßen, wie es hat den Anschein,
Wir den Gegenstand des Streites
Heute nicht zum Austrag bringen,
Lasset uns nichts überstürzen
Und die leid'ge Geldnothfrage
Auf die nächste Sitzung schieben,
Sintemalen eine Sache
Hoher Wichtigkeit noch heute
Zu erledigen uns obliegt.
Männiglich bekannt und ruchbar

In der Stadt, die wir regieren,
Ist die schrecklich große Plage,
Die das überhand genomm'ne
Grausliche, vermaledeite
Ungeziefer uns bereitet.
Ratten, Ratten ohne Ende,
Mäuse auch wie Sand am Meere
Haben zwischen unsern Mauern
Ueberall sich eingenistet,
Hausen frech in unsrer Wohnung,
In der Küch' und Kemenate,
Auf dem Söller wie im Keller,
Nagen uns zu Kopf, zu Füßen,
Schlüpfen über unsre Betten
Selbst, wenn wir darinnen liegen,
Daß wir ihre kalten Schwänze
Manchesmal im Antlitz fühlen,
Naschen uns an Trank und Speise,
Stecken ihre garst'gen Schnauzen
In die Schüsseln, Krüg' und Töpfe,
Fressen sich in alle Schränke,
Wühlen sich durch alle Wände.
Sind wir doch hier auf dem Rathhaus
Nicht mal sicher vor den Bestien,
Saht's wohl nicht vorhin, Ihr Herren,
Wie sogar vor unsern Augen
Ratten durch den Saal hier tanzten,
Und doch war's nicht eben still hier.
Nichts schlägt an zu Hülf' und Abwehr,
Immer schlimmer wird die Plage
Immer größer wird der Jammer,
Denn sie mehren sich entsetzlich;
Eine echte Rattenmutter
Hält, Ihr wißt es, jeden Monat

Regelmäßig Wochenstube,
Bringt zur Welt dann Siebenlinge.
Geht's so fort in dem Verhältniß,
Fressen Ratten ja und Mäuse
Wahrlich bei lebend'gem Leibe
Noch die Haare uns vom Kopfe,
Und uns bleibt nichts Andres übrig,
Als — damit wir in den Kleidern,
Die wir tragen, und Geräthen
Diese Pest nicht noch verschleppen —
Splitternackend auszuwandern
Und die Stadt der Brut zu lassen.
Nachts, wenn ich so schlaflos liege,
Schlaflos, weil in meiner Kammer
Hin und her das hopst und trappelt,
Und das Sägen, Raspeln, Bohren
Von verfluchten Mäusezähnen
Mich nicht läßt die Augen schließen,
Hab' ich oft im höchsten Zorne
Alles, was ich konnt' erreichen,
Schuh und Kleidung, Krug und Leuchter
Nach den Ecken schon geschleudert,
Brachte doch das Teufelsviehzeug
Nimmermehr damit zur Ruhe,
Aber mich nur in Verzweiflung,
Daß ich lag in Schweiß gebadet.
Brauche Umfrag nicht zu halten,
Ob's nicht ähnlich Euch ergangen,
Ob es Einer anders wüßte;
(Alle schüttelten die Köpfe)
Also komm' ich nun zur Sache.
Gestern hat bei mir gemeldet
Sich ein Fahrender, ein Spielmann
Scheint er mir von äußrem Ansehn,

Sagt, daß er von unserm Elend
Unterrichtet und bereit sei,
Uns mit seiner Kunst zu dienen,
Denn ihm sei die Macht gegeben
Ueber alles Ungeziefer,
Wolle uns davon befreien,
Wenn er mit des Königs Frieden
Dürfe in der Stadt verweilen
Und wir mit ihm handelseinig
Einen Pakt zu schließen willig.
Ich beschied ihn her und hieß ihn
Auf dem Gange draußen warten,
Bis er vorgelassen werde,
Wenn's dem hohen Rath gefällig."
Lauter Beifall tönte ringsum
Zu des Bürgermeisters Weisheit,
Untermischt mit manchem derben
Fluche auf die Langgeschwänzten,
Welche sich dadurch mit nichten
In dem lustigen Turniere
Vor der hohen Rathsversammlung
Im Geringsten stören ließen.
Und es rief Herr Gruwelholt:
„Stadtknecht, führt herein den Fremden!‘

Aus der Dunkelheit des Ganges
Schritt durch die gewölbte Pforte
Langsam in den Saal der Fremdling
Und trat höflich sich verneigend
Mitten vor den Tisch des Rathes.
War ein Mann von schlankem Wuchse,
Auf der markigen Gestalt,
Die so leicht und doch so sicher
In der kleidsam engen Tracht

Sich bewegte, lag die Ruhe
Und die Kraft des Selbstvertrauens.
Um die freie Stirne wehte
Was wie Stolz, und aus den lebhaft
Sprechenden, entschiednen Zügen
Lauerte verschlagne Klugheit.
Um das Antlitz, das gebräunte
Mit der leicht gebognen Nase
Hingen lange, dunkle Locken,
Und auf rother Lippe krümmte
Uebermüthig sich der Schnurrbart.
Wachsam unter schwarzen Brauen
Funkelten zwei tiefe Augen,
Die mit einem schnellen Blicke
Scharf wie eines Falken Seher
Ueber die Versammlung blitzten.
„Fremder, sprach der Bürgermeister,
Sagt uns vörderst Euren Namen,
Eure Herkunft, Stand und Alter.“
  „Weiß nicht, Herr, wo ich geboren,
Auf der Heerstraß’ ist’s gewesen
In dem Troß auf einer Kriegsfahrt,
Ist wohl dreißig Jahr und länger,
Bin ein Bankert, — nicht verschweig’ ich’s —
Kannte Vater nicht und Mutter;
War ein Reitersmann der Eine,
Aber frei und ritterbürtig,
Der im tiefen, nassen Graben
Irgend einer Burg mag faulen,
Und die Andre mußt’ ihr Leben
Lassen, als das meine anfing.
Doch die Alte, die mich aufzog,
Sagte, schön sei sie gewesen,
Habe Lieder singen können,

Wie kein andrer Mund auf Erden.
Was die Alte davon wußte,
Hat sie später mich gelehret
Und dazu manch weises Sprüchlein,
Denn die Kunst und Lust am Singen
War mir selber angeboren;
So bin ich ein Spielmann worden,
Fahre unstätt durch die Lande,
Lieder hab' ich ungezählte,
Eine Heimath hab' ich nicht."
  „Und Eu'r Name?" — „Hunold Singuf."
„Hunold Singuf, Ihr getraut Euch,
Unsre Stadt vom Ungeziefer,
So von Ratten wie von Mäusen
Binnen kurzer Frist zu säubern?"
  „So von Ratten wie von Mäusen,
Ja! Herr, wenn mit Königs Frieden
Ich in Eurer Stadt darf weilen."
  „Und was fordert Ihr zum Lohne?"
  „Hundert Mark in gutem Silber
Hamelenscher Witt' und Wichte."
„Könnt Ihr es nicht bill'ger machen?"
Fragte schnell der Rechenmeister.
  „Keinen Albus dürft Ihr handeln,
Ich bin nicht gewohnt zu mäkeln."
„Welche Frist begehrt Ihr, Singuf,
Bis zum Tod der letzten Ratte?"
Frug Henricus Hogeherte.
„Mit dem Vollmond, sprach der Spielmann,
Kann ich erst mein Werk beginnen.
Gestern hatten wir ja Neumond;
So von heute an gerechnet
Brauch' ich dreimal sieben Tage
Bis zum Tod der letzten Ratte;

Und wenn nach drei andern Tagen
Sich nicht Ratz noch Maus mehr zeiget
Dann beding' ich noch ein Badgeld,
Eine sondere Verstattung,
Doch es sei nicht baare Münze,
Auch nicht Geldwerth oder Ehre,
Die dem Spielmann nicht gebühre."
„Welche Mittel doch und Wege,
Welches Kraut und welchen Zauber
Wollt Ihr brauchen?" fragte Lupus.
„Herr, das ist nun mein Geheimniß,
Laßt mich schalten, laßt mich walten,
Was Ihr sehen mögt und hören,
Stört mich nicht in meinem Treiben,
Schließt um Mitternacht die Häuser,
Doch ein Stadtthor laßt mir offen;
Einsam seien dann die Gassen,
Daß mir Niemand dort begegne;
Als Eu'r Gast und Schützling weil' ich
In der Stadt mit Königs Frieden,
Haltet Eu'r Wort, halt' ich meines,
Säubere Euch alle Häuser
So von Ratten wie von Mäusen." —

Hundert Mark! — 's ging ihnen nahe
Und im Säckel tiefe Ebbe;
Was die Zünfte sagen würden,
Wenn sie von dem Pakte hörten,
Und dann die geheime Klausel
Von der sonderen Verstattung,
Die er noch nicht nennen wollte
Oder konnte, das bedachten
Alles die wohlweisen Rathsherrn,
Blickten stumm sich gegenseitig

In das sorgenvoll gefaltne,
Aber wohlgenährte Antlitz.
„Hundert Mark in gutem Silber
Hamelenscher Witt' und Wichte!"
Murmelte der Ein' und Andre,
Hundert Mark! ein Sündengeld zwar,
Doch an Ratten und an Mäusen
Waren ja viel hunderttausend,
Und wenn sie der Qualen dachten,
Die in einer Nacht nur eine,
Eine einz'ge Maus in ihrer
Stillen Kemenate ihnen
Knuspernd, kraspelnd konnt' bereiten,
Fühlten sie es heiß und kalt schon
Ueber ihren Rücken laufen,
Und es däuchte hundert Mark dann
Ihnen eine Bettelgabe,
Aus der Stadt gemeinem Säckel
Ruh und Schlummer sich zu kaufen
Vor den Ratten und den Mäusen
Und den lieben Eh'gesponsten.

So zur Stetigkeit und Urkund
Ward der Pakt geschlossen und dann
Zu den Heiligen geschworen,
Da man zählte Jahr des Herrn . . .
Einen Tag vor Sankt Lamberti,
Und der Stadt gelehrter Schreiber
Jacob Werner Ethelerus
Nahm's zu öffentlichem Briefe,
Henkte dran das Ingesiegel,
Drauf ein Mühlstein in dem Schilde,
Den zwei grimme Löwen hielten.
Hunold wandte sich zur Thüre

In die Dunkelheit des Ganges,
War im Augenblick verschwunden.
„Geht hinab zum Herrenkeller,
Laßt ein Trinken Euch zum Willkomm
Auf des Rathes Kosten geben!"
Rief ihm nach Herr Hogeherte.

Eines edlen Rathes Sitzung
Schloß darauf der Bürgermeister,
Und die Rathsherrn, froh im Herzen,
Daß doch etwas war beschlossen,
Schnell versöhnt mit Händeschütteln,
Trennten sich nach vielen Grüßen,
Wandelten in ihre Häuser
Zu den lieben Eh'gesponsten,
Zu den Ratten und den Mäusen.
Manchem doch ward's von den Herren
Um die Stirn ein wenig schwüle,
Wenn ihm mit devotem Gruße
Auf der Gaß' ein Hudemeister
In den Weg kam, und er dachte:
Was die Zünfte sagen werden!

beim Bürgermeister.

Als der Letzte aus der Thüre
Trat Herr Wichard Gruwelholt,
Stieg herab die Rathhaustreppe,
Blieb auf ihren untern Stufen
Grübelnd stehn, sah vor sich nieder,
Stützte sich auf das Geländer,
Das von Eisen war geschmiedet,
Und im Augenblicke schien es,
Als ob er sich rückwärts wandte,
Noch einmal hinauf zu steigen.
Doch es blieb bei der Bewegung,
Leise nickend jetzt herunter
Kam er auch die letzten Stufen
Und begab sich auf den Heimweg.
Stattlich sah der Herr und fürnehm
In der pelzverbrämten Schaube
Mit den langen, offnen Aermeln;

Spitze Schnabelschuhe trug er,
Die ein Vorrecht der Geschlechter,
Doch die bunten, grellen Farben,
Die beliebt geworden, mied er,
Hatte eine Kleiderordnung
Gegen Kostlichkeit und Hoffart
Erst vor Kurzem selbst erlassen,
Die es jedem Stande vorschrieb,
Was für Tracht, für Schmuck und Pelzwerk
Ihm erlaubt und ihm verpönt war.
Wichard's Linke ruht' am Schwertgriff
Und der Rechten Daumen hielt er
Vorne in dem breiten Gürtel.
Vor dem Würdigen stolzirte,
Hellebarde auf der Schulter,
Mit gepufftem und geschlitztem
Wammse in getheilten Farben,
Einer von den Stadttrabanten,
Wie's dem Proconsul gebührte.
Langsam, mit geneigtem Haupte
Schritt er, vom gemeinen Wesen
Ging ihm Vieles durch die Sinne;
Weiß nicht, ob es augenblicklich
Ratten oder Mäuse waren
Oder silberne Talente,
Ob der Pakt des Rattenfängers
Oder ob der städt'sche Säckel,
Der doch leicht genug und ledig,
Ihm so schwer lag auf dem Herzen.
Als er näher kam der Wohnung,
Klärten sich die finstern Mienen,
Denn dort hofft' er Ruh und Frieden.
Mit dem hohen, spitzen Giebel
Schon von ferne gastlich winkend

Stand das Haus ihm an der Gasse.
In den kleinen, runden, grünen
Bleigefaßten Fensterruthen
Spiegelte die Abendsonne
Freundlich ihre goldnen Strahlen.
Aus dem ersten Stockwerk ragte
Keck ein Erker, dessen Thürmchen
War gedeckt mit dunklem Schiefer,
Und auf seiner schlanken Spitze
Blinkte die metallne Kugel.
An geschnitzten Balkenköpfen
Hingen viele Schwalbennester,
Und dazwischen am Gesimse
War ein frommer Spruch geschrieben
Oben in dem Erkerfenster
Standen frische Blumensträuße
In den blau gemalten Scherben,
Goldlack, Nelken und Levkojen,
Die des Bürgermeisters Tochter
Zog im Garten hinterm Hause,
Wo die hundertjähr'ge Linde
Ihre breiten Aeste reckte.
Eine Laube war gezimmert
In der grünen Lindenkrone,
Und ein hölzern Trepplein führte
Nach dem dämmrungskühlen Plätzchen.
Dort saß gern Herr Gruwelholt,
Denn da kamen ihm die klügsten
Diplomatischen Gedanken,
Und nach Tages Last und Hitze
Nahm er wohl zum Lautertranke
Mit hinauf den großen Schauer
Voll Claretwein oder Moraß.
Auch Regina saß dort gerne

Mit der fleiß'gen Nadelarbeit,
Wenn sie sich ein Tüchlein säumte
Und mit Gold= und Silberfäden
Oder auch mit bunter Seide
Ihren Namenszug hineinwob.

Zwiegetheilt in ihrer Höhe
War des Hauses niedre Thüre
Mit dem schweren Messingklopfer;
Offen stand die obre Hälfte,
Und auf ihrem untern Flügel
Lehnte Jungfer Dorothea,
Schaute ungeduldig spähend
Auf die Gasse und bewegte
Oft den Mund im Selbstgespräche:
„Was mag das nun wohl bedeuten,
Daß er grade heute ausbleibt?
Was wird's geben? wird sich wieder
Mit dem Secretarius zanken,
Dessen glatte, spitze Zunge
Ihm so oft schon Aerger machte,
Daß ihm's Abendbrod nicht schmeckte
Und des Nachts Kolik ihn quälte."
Also grollte sie kopfschüttelnd,
Daß die marderfellbesetzte
Kogel sich auf's linke Ohr schob.

Schaffnerin war Dorothea
In dem Haus des Bürgermeisters,
Der, seit achtzehn Jahren Wittwer,
Küch' und Keller, Schrein und Linnen
Und sein Töchterlein Regina
Der Erprobten anvertraute.
Würdig war sie des Vertrauens

2*

Und regierte mustergiltig;
Ordnung herrschte in der Wirthschaft,
Blitzblank, sauber war der Hausrath,
Und auch in dem fernsten Winkel
Durfte sich kein Stäubchen lagern.
Nur an einer harten Klippe
Scheiterten auch ihre Mühen,
Was sie auch für Kraut und Mittel,
List und Sympathie gebrauchte;
Hameln's allgemeine Plage
Fraß mit scharfen Mausezähnen
Kummerbringend ihr am Herzen.
Nimmer müßig war die Gute,
An den rauhen Händen sah man,
Daß sie jedes Ding zur Arbeit
Nicht mit spitzen Fingern angriff;
Hatte auch gesunde Knochen,
Und von früh bis spät rasaunte
Unverdrossen sie im Hause,
Daß man schon von weitem hörte,
Wo sie sich zu schaffen machte.
Um das faltenreiche Antlitz,
Auf der Lipp' ein stattlich Bärtchen,
Wehten oft die grauen Haare
Ihr vor Eifer; recht verdrießlich
Schien sie manchmal, knurrt' und brummte
Immerfort im Selbstgespräche,
Aber sah man ihr in's Auge,
Das so klar und heiter blickte,
Wußte man, daß all ihr Schelten
Treu und herzensgut gemeint war.
Seit Herrn Wichard's Hochzeitstage
War sie schon in seinem Hause,
War dem halbverwaisten Kinde

Zweite Mutter fast geworden,
Und so durfte sie zuweilen
Sich ein ehrlich Wort erlauben,
Durfte kritteln auch und schmälen
Selber mit dem Hochgewalt'gen.
Als sie endlich ihn gewahrte,
Winkte sie ihm, die gemeßnen,
Steifen Bürgermeisterschritte
Jetzt ein wenig zu beschleun'gen;
Doch Herr Wichard, obschon ahnend,
Daß Besondres vorgefallen,
Ließ sich nicht aus seinem Tempo
Würdevoller Ruhe bringen.
Als er im Bereich des Hörens,
Rief die Jungfer ihm entgegen:
„Seit drei Dutzend Vaterunser
Wartet der Herr Schultheiß Eurer
Oben in dem Erkerstübchen,
Sich mit Euch zu unterreden."
Kerzengrad', die Hellebarde
Mit weit ausgestrecktem Arme
Gravitätisch präsentirend,
Faßte der Trabant jetzt Posto
An der Thür, die Dorothea
Ihrem Herrn schon längst geöffnet.
Kurzen Gegengruß nur fand sie;
Der Proconsul schritt bedächtig
Ueber die geräum'ge Hausflur
Und erstieg die dunkle Treppe.

„Habt ja lange heut' gesessen
Auf den hohen Sorgenstühlen!
War das alte Stücklein wieder,
Gelt? wo Euch zumeist der Schuh drückt?

Nun, Ihr konntet meinetwegen
Noch ein halbes Stündlein sitzen,
Lang ist mir die Zeit nicht worden,
Hab' mit Jüngferlein Regina
Mich auf's Beste unterhalten,
Ist ein fromm, verständig Mädchen
Und so herzig und gelehrig,
Wünsch' Euch Glück zu solcher Tochter!"
Mit so freundlicher Begrüßung
Schüttelte die Hand der Schultheiß
Bertholdus de Sunneborne
Seinem Freund, dem Bürgermeister.
„Doch das fromm, verständ'ge Mädchen,
War Herrn Gruwelholt's Entgegnung,
Ist nicht auf den Einfall kommen,
Einen Imbiß Euch zu bieten?
Schnell, Regina! ist mir selber
Doch im Hals die Kehle trocken
Von des langen Redens Mühsal,
Schaff' ein Krüglein Bacharacher,
Solchen lieben Gast zu ehren."
Und in lieblicher Beschämung
Hold erröthend schlüpfte Jene
Aus der Thür, mit größ'rer Eile
Das Versäumte nachzuholen.
„Sagt, wie geht es, frug Herr Wichard,
Eurer tugendsamen Hausfrau?
Konnt' ihr meinen Gruß dienstwillig
Schon seit langer Zeit nicht sagen."
„Nicht zum Besten, war die Antwort,
Und ich wollte diesen Sommer
Mit ihr in das Wildbad fahren,
Doch nicht sicher vor Gesindel,
Hört' ich, sei es noch im Reiche

Trotz der Strenge Kaiser Rudolf's
Gegen Friedensbruch und Handstreich;
Aber wie verjüngt seit heute
Ist Gebhilde, große Freude —"
Er brach ab, Regina kehrte
Jetzt zurück mit hoher Kanne,
Die aus spiegelblankem Zinne
Und mit Buckeln schön geziert war,
Goß den kühlen Bacharacher
Erst dem Gaste, dann dem Vater
In ein venetianisch Spitzglas,
Nippte mit dem Rosenmunde
An dem einen und kredenzte
Knixend es dem edlen Hausfreund.
Auch des Vaters Blicke ruhten
Wohlgefällig auf der Tochter,
Und ihr sanft die Wange klopfend
Sprach er: „So! und nun, Regina,
Laß allein uns beide Alte,
Haben Wichtiges zu reden."
„Ja, sehr Wicht'ges, sprach der Schultheiß,
Und wenn dir die Ohren klingen,
Denke, daß zu deinem Lobe
Auch ein Wörtlein untern Tisch fällt. —
Kann Euch frohe Botschaft melden,
Fuhr er fort, als sie allein dann,
Heribert ist angekommen
Von der Dombauhütt' in Straßburg,
Ist zum Meister dort gesprochen,
Hat's Arcanum auch empfangen,
Ellenhard, der Obermeister,
Hat ihm von der Massenie
Einen Fürderbrief gegeben,
Darin werden Fleiß und Kenntniß

Unsres Heribert gepriesen;
Klingt's doch fast, als ob der Junge
Aller freien Künste Meister.
Wär's Euch nun genehm, Herr Wichard,
Wenn wir in den nächsten Wochen
Zur Verlobung unsrer Kinder,
Die wir früh versprachen, schritten
Und die Lautmerung begingen?
Sicher bin ich, meinem Sohne
Hat sich nie ein ander Bildniß
In das treue Herz geschlichen,
Er bestellte tausend Grüße
An Regina, hab' sie eben
Frisch und warm noch abgeliefert
Und dabei dem lieben Mädchen
Leise auf den Zahn gefühlet;
Hei! wie da die Purpurrosen
Ihr auf Stirn und Wangen glühten
Und die schönen Augen blitzten!
Darf er Euch als Freier kommen?"

   „Abgemacht! Herr Sunneborne,
Abgemacht! und Gott gesegn' es!
Recht von Herzen sei willkommen
Mir mein lieber junger Eidam!
Wir Geschlechter haben's nöthig,
Daß wir uns zusammenschließen,
Unten gährt's in den Gemeinen."

Und ein treu biderber Handschlag
Und ein hell und lustig Klingen
Mit dem goldnen Bacharacher
War des Bundes Brief und Siegel.

An dem großen, kuppelförm'gen,
Schwarzglasirten Kachelofen
War der Ehrensitz des Hauses.
Einem Throne schier vergleichbar,
Der Familie altes Erbstück,
Stand der grobgeschnitzte Armstuhl,
An den Füßen Löwenklauen,
Löwenköpfe an den Lehnen,
Breit und mächtig und bequem auch,
Beinah Raum für Zweie bietend.
Darin saß vergnügt der Schultheiß,
Und dem rüst'gen Greis gebührte
Solch ein Platz vor allen Andern.
Silberweiße, dichte Locken
Kräuselten sich um die Schläfe,
Unter vollen, schönen Brauen
Leuchteten ihm helle Augen,
Und der Bart um Mund und Wangen,
Der am Kinn sich länglich spitzte,
Gab dem hohen, schlanken Manne,
Ganz in saubres Schwarz gekleidet,
Gar ein ritterliches Ansehn.
Gegenüber seinem Gaste
An dem weinbesetzten Tische
Saß der Wirth im runden Sessel,
Welchen der gedrungne Körper
Wuchtig und behäbig füllte.
Denn an breite Schultern schloß sich
Des Herrn Wichard kräft'ger Nacken,
Drauf ein stattlich Haupt sich wiegte.
Aus dem farbevollen Antlitz
Blickte eine heitre Würde,
Und um Mund und Augenwinkel
Spielte oft ein schalkhaft Lächeln.

An den beiden treuen Alten,
Unbeugsam und zäh wie Eichen,
Brauste manch ein Sturm vorüber;
In der Jugend hatten Beide
Tapfer ihren Mann gestanden,
Und auch jetzt im wicht'gen Amte
Saß ein Jeder fest im Sattel.
Unbestechlich war der Schultheiß,
Wo es galt, das Recht zu finden,
Und das blanke Schwert der Rüge
Lag bei ihm in sichern Händen.
Auch der Bürgermeister herrschte
Streng und weise, doch es neigte
Gern sein Herz zu Mild' und Güte.
Bei der Bürgerschaft in Achtung
Stand er, und nicht leicht vergab er
Eins von den verbrieften Rechten
Seiner Stadt, die reich und mächtig
Wie ein eigner Staat im Reiche
Nach der Väter Brauch und Sitte
Frei und stolz sich selbst regierte.

Ein erinnrungsreiches Leben
Hatten Beide in Gemeinschaft
Schon mit Lust und Leid genossen,
Und es brauchte keines Schwures,
Sich der Treu noch zu versichern;
Doch in ihren alten Tagen
Wollten sie ein Band nun schlingen,
Das zwar um zwei andre Herzen
Unzerreißbar bald sich legen,
Aber auch die eignen fester
Noch zusammenknüpfen sollte.
Sohn und Tochter zu vermählen

War ein Wunsch, der längstens Beiden
Heimlich in der Seele keimte,
Daß sie später selbst nicht wußten,
Wer zuerst ihn ausgesprochen.
Jetzt nun saßen sie zusammen,
Sprachen von der Kinder Zukunft
Und von ihrer eignen Jugend,
Und manch fröhlicher Genosse,
Manche blühend schöne Jungfrau
Alter Zeit ward da erwähnt,
Die vielleicht schon lange ruhten,
Und doch klangen hier die Gläser
Ueberlebender Gefährten
Jenen noch ein treu Gedenken.
Sprachen auch von Landes Wohlfahrt,
Von dem großen Hansabunde,
Von der Stadt und von dem Stifte
Und vom Schwalenberger Grafen,
Den zuwider aller Satzung
Albrecht nach den Ebersteinern
Ueber die Vogtei gestellet,
Schieden dann als Freund' und Brüder.

Langsam und bedächtig schenkte
Nun den Rest des Bacharachers
Sich Herr Gruwelholt in's Spitzglas:
„Wieder einen Pakt geschlossen!
Erst die Ratten, dann die Tochter,"
Sprach er für sich, hob das Glas dann
Vor die Augen gegen's Fenster:
„Bacharacher! schaust ja trübe,
Hast bedenklich abgelagert, —
Das hat etwas zu bedeuten,
Würde Dorothea sagen —

Wenn nur Alles glücklich abläuft!
'3 ist, als ob mir Unheil schwante."
Sprach's und trank die letzten Tropfen
Sammt dem trüben Bodensatze.
Unterm hohen Lehnstuhl aber
Lugt' hervor ein graues Mäuschen,
Saß da auf den Hinterpfoten,
Putzte sich und machte Männlein;
„Kschksch!" rief der Bürgermeister,
Und husch! — weg war's kleine Grauchen.

Zu der Kemenate.

II

Schon war Herr de Sunneborne
Heimgekehrt zu seinem Hause,
Das am Markt ihm stattlich ragte,
Als Herr Gruwelholt am Tische
Einsam schreibend saß, doch schien's ihm
Nicht die liebste Arbeit grade,
Denn er hielt nicht viel vom Schreiben.
Was gesprochne Worte wogen,
Wußt' er, und ein gut Gedächtniß
Hatte ihm Natur gegeben,
Doch die Pergamente haßt' er.
Solche Klexereien, meint' er,
Ließen drehen sich und wenden,
Könnten auch den bravsten Menschen

Unversehns zum Schelmen machen.
Immer stand er auf dem Stocke.
Mit dem Rathstuhlschreiber, der ihm
Viel zu viel Geschreibsel machte;
Was für Ding' auch zur Verhandlung
Vor dem hohen Rathe kamen,
Sicher brachte Ethelerus
Was Geschriebenes zur Stelle,
Tippte mit dem Zeigefinger
Auf Kapitel und Artikel,
Stritt und legte aus und klaubte
An der Worte Sinn und Deutung.
Und mit höhnischem Gesichte
Widersprach er eigensinnig
Und schob seine Kritzeleien,
Wie sie es im Rathe nannten,
Stets wie Riegel oder Pflöcke
Vor die muthigsten Beschlüsse.
Dennoch war er unentbehrlich
Im Collegium, schlau und findig
Half er auch mit seinen Ränken
Dem Senat aus mancher Klemme,
Und nur Wen'ge gab's in Hameln,
Die des Schreibens kundig waren.
Zu den Wenigen gehörte
Zwar Herr Wichard, doch zuwider
War ihm das gelehrte Wesen,
Und etwas bedeuten mußt' es,
Wenn er sich zum Schreiben setzte.
War's vielleicht sein letzter Wille,
Den er zu Papiere brachte?
Oftmals legte er bei Seite
Seinen Federkiel und wischte
Sich die Perlen von der Stirne,

Ging im Zimmer auf und nieder
Und dann seufzend wieder schrieb er.

In der Kemenate aber,
Deren wohlvergittert Fenster
Nach des Hauses Garten blickte,
Saßen jetzt die beiden Frauen.
Schweigsam war's in dem Gemache,
Schön Regina saß am Fenster
Und sah nieder in den Garten;
Doch die bunten Asternbeete
Fesselten nicht ihre Blicke,
Und in tiefem Sinnen weilten
Ganz wo anders die Gedanken,
Bis mit Fragen Dorothea
Sie aus ihren Träumen weckte.
Diese schaffte an der Kunkel
Doch wie festes, dralles Garn sie
Auch aus ihrem Flachse spulte,
Des Gespräches dünner Faden
Riß, kaum angeknüpft, schon wieder.
Selten nur erhielt sie Antwort,
Und dann leckte sie im Unmuth
Immer rascher an die Finger,
Die den Faden ründend drehten.
Um des Flachses gelben Büschel
War der Wockenbrief geschlungen
Und mit himmelblauem Bande,
Breiter Schleife, langen Enden
Festgebunden; auf dem Briefe
Waren wunderbare Blumen
Und zwei Englein auch gemalet,
Die mit dicken, rothen Backen
Auf einander losposaunten.

Rastlos schnurrte ihre Spindel;
Aber kam das Rad zum Stehen,
Wenn ein falscher Tritt der Alten
Aus dem Takt und Schwung es brachte,
Gab es keinen Laut im Stübchen,
Als daß unterm Schrein im Winkel
Eine Maus am Holze nagte.

Dorothea frug schon wieder,
Was des Herren Schultheiß Kommen
Wohl für Ursach haben möchte,
Bis ihr denn Regina sagte,
Mit welch liebenswürd'gem Scherze
Sie von Beiden aus dem Zimmer
Sei heraus complimentiret.
„So! also die Ohren klingen,
Sprach Herr Sunneborne? Kindchen,
Das hat etwas zu bedeuten!
Bist nun zwanzig Jahr geworden,
Und ich kann dir's nicht verdenken,
Daß es dir im Kopf herumgeht,
Was von dir sie sprechen könnten.“
Also knüpfte Dorothea
Wieder an den Redefaden,
Und nun fand sie ein Kapitel,
Drin wie Keiner sie zu Haus war,
That sich auch was drauf zu gute,
Und die Uhr war aufgezogen.
„Kind! sprach sie, wenn Einem fangen
Beide Ohren an zu klingen
Oder auch nur eins von beiden,
Da ist Vieles zu beachten:
Wann und wo und wie es anfängt,
Ob es eins nur ist, ob beide,

Ob das rechte oder linke,
Und in welchem es zuerst klingt.
Ist's das linke, so bedeutet's
Selten Gutes, was geredet,
Aber wenn dann auch das rechte
Bald drauf einsetzt, hat man Einen
Zur Vertheid'gung, der die Unschuld
Gegen Ungebühr in Schutz nimmt.
Aber wenn das rechte anfängt,
So wird Gutes zwar gesprochen,
Doch es ist dann schon Vergangnes
Oder Sittsamkeit und Tugend,
Um deßwillen man gelobt wird.
Wenn nun aber beide Ohren
Auf einmal zusammen klingen,
Ja dann deutet's auf die Zukunft.
Gieb genau nun Acht und horche,
Welchen Ton das Klingen annimmt:
Ist's ein Summen und ein Sausen,
Dann droht Unheil uns vom Feinde,
Der auf Böses sinnt und Schaden;
Ist's ein feines Tiriliren
Wie des kleinsten Mückleins Stimme,
Kann man ein Geschenk erwarten
Oder sonsten eine Freude,
— Weiß nicht, meine alten Ohren
Sind mir heute auch ganz närrisch,
Höre was wie Silberklimpern —
Aber — was ich sagen wollte,
Aber ist's ein lustig Singen
Wie von Harfen und Quinternen
In der rechten Mittellage,
So als ob man hoch im Himmel
Gottes Englein spielen hörte,

Kindchen, ja! das ist das Schönste,
Dann gedenkt in Lieb' und Treue
Einer still und heiß des Andern;
Ist der Eine eine Jungfrau,
Kommt der Andre bald als Freier
Und kommt dann auch nicht vergebens.
Nun besinne dich und horche,
Ob dir's klingt und wie sich's anhört."
„Liebe Alte, rief Regina,
Freilich klingt mir's in den Ohren
Und so überlaut und lustig,
Daß ich Alles kaum verstanden,
Was du mir davon erzähltest."

„Siehst du, Kindchen! siehst, ich sagt' es,
Das hat etwas zu bedeuten!
Und nun brauch' ich nicht zu fragen:
Wie weit ist es denn von Straßburg?
Wieviel Tage muß man reisen
Von dem Rheine bis zur Weser?
Und wie lange — horch! da klopft es,
Ein!" — da in der Thüre stand
Heribert de Sunneborne.

„Alle Heil'gen! alle Heil'gen!
Alle — ach! du meine Güte!
Ach, da ist er! meine Ahnung!
Siehst du, Kindchen! siehst, ich sagt' es,
Das hat etwas — doch was sag' ich?
Drauß im Garten wartet Lorenz,
Daß ich ihm — ja was denn? daß ich —"
Und schon war sie an der Thüre.
Aber Heribert ergriff sie
Schnell beim Arm und sagte freundlich
„Habt Ihr es denn gar so eilig,
Jungfer Dorothea? laßt mich

Doch nur guten Tag Euch bieten
Und sagt selbst mir gute Märe."
Dann sich zu Regina wendend
Grüßt' er herzlich sie und innig,
Und Regina, tief erröthend,
Schlug die dunklen Wimpern nieder,
Fand nicht gleich die rechten Worte
Zur Entgegnung, doch sie ließ ihm
Ihre Hand, die sanft er drückte.
Die Verlegenheit zu enden,
Zog er nun hervor ein Päckchen,
Kramte allerliebste Sachen,
Die er mit aus Straßburg brachte,
Vor den Augen aus der Frauen.
Jungfer Dorotheen schenkt' er
Einen schönen Kamm aus Schildkrot,
Einen helfenbeinern Fürspan
Und mit Silbergarn durchflochten,
Eine Haubenschnur aus Basel.
Doch Reginen auf die Locken
Drückt' er einen goldnen Stirnreif
Feinster genueser Arbeit.
Dorothea schlug die Hände
Einmal über's andre staunend
Ob der Herrlichkeit zusammen,
Sträubte sich, das anzunehmen,
Nahm's dann doch, und überschwenglich
Reich an Worten war ihr Danken.
„Ach! was wird der Lorenz sagen!
Rief sie, dem muß ich doch Alles —
Ganz geschwind will ich's ihm zeigen."
Damit nahm sie die Geschenke
Und entwischte aus der Kammer.

Heribertus und Regina
Waren nun allein; ein Blick nur
Flog hinüber und herüber,
Und beglückt in seine Arme
Schloß der Bräutigam die Braut.

IV

Hunold hatt' im braunen Hirsche,
Einer Herberg für die Fremden,
Rast und Unterschlupf gefunden,
Denn er hatt' in seinem Beutel
Silbermünzen klingen lassen,
Daß der Wirth die Ohren spitzte.
Diesem war der flotte Spielmann
Bald ein werther Gast geworden,
Denn von seinen weiten Fahrten
Wußt' er Vieles zu erzählen,
Von dem Leben auf den Burgen,
Von dem Schmausen in den Klöstern,

Von der Pracht der Fürstenhöfe
Und dem Treiben ferner Städte.
Hatte auch Turney gesehen,
Den Buhurt und manches Stechen,
Sprach von tjosten und foresten,
Von fahliren, kalopiren
So lebendig, als ob selber
Er im Sattel mitgeritten.
Und vom Wildbann und Gejaide,
Von der Jagd konnt' er erzählen,
Als ob Armbrust nur und Wolfsspieß
Seine liebsten Waffen wären,
Und als ob er bei der Baize
Wär' ein Falkenier gewesen.
Auch von schönen Frauen sprach er,
Und manch lustig Abenteuer
Wußt' er schalkhaft auszuschmücken;
Wußte Rath für Vieh und Menschen
Mit Purganz und Arzenirung,
Konnte selbst das Blut besprechen
Und manch alten Schaden heilen.

Beim gewohnten Abendtrunke
Gab er lust'ge Pfeiferstücklein
Auf der Rohrschalmei zum Besten,
Konnt' floitiren, tromboniren,
Daß der Stadt ergrauter Pfeifer
Ihn mit blassem Neide hörte.
Und zur Fiedel und Quinterne
Sang er lauter neue Lieder,
Leiche, Schwänke und Schanzunen,
Bispel, Fabliaur und Sprüche,
Daß der Frauen Herzen klopften,
Die mit unverwandten Blicken

Wie gebannt an seinem Munde
Und den dunklen Augen hingen.
Oftmals huschte auch ein Mäuslein
Hinterm Ofen vor und spitzte
Seine runden Mauseohren
Nach des Spielmanns Sang, womit er
Thier' und Menschen an sich lockte.
Ihn umgab ein räthselhaftes
Und geheimnißvolles Etwas,
Was dämonisch fast auf Alle,
Die ihn sahn und hörten, wirkte,
Wider Willen selbst die Männer
Mächtig anzog, doch der Weiber
Herz und Sinne schier bestrickte
Und im Innersten der Seele
Sie ihm hold und eigen machte.
Wer von zünft'gen Handwerksmeistern
Jetzt zur Schenke kam, der brachte
Gegen sonstige Gewohnheit
Die Frau Eheliebste mit sich;
Aber ledig Volk am meisten,
Junggesellen, vollends Mädchen,
Die sich von der Eltern Seite
Für den Abend losgebettelt,
Drängten sich heran zum Sänger.
Und selbst von den Stadtgeschlechtern
Ward es nicht verschmäht, zu lauschen;
Herren traten mit den Damen
Und den Fräulein in die Stube,
Blieben an der Thüre stehen,
Sich nicht unters Volk zu mischen,
Und ergötzten sich ein Weilchen,
Aber selten nur geschah es.
Um die Bank des frohen Wirthes

Schaarten sich im Kreis die Hörer,
Und er hatte großen Zulauf;
Hellerbier manch schäumend Krüglein
Wanderte herauf vom Keller,
Der vielkund'ge Spielmann aber
Hatte Abends immer Freibier,
Und dann sang er solche Lieder:

Die Schuhe geflickt und der Beutel gespickt,
Grüß' Gott, du wirthliches Dach!
Fahrt wohl, ihr Brüder, die ihr mir nickt,
Und saget nichts Böses mir nach;
Schweigt stille, ihr Mädel, von Abschied und Trauer
Ich blase die Feder wohl über die Mauer,
Und fliegt sie grad' oder schräg,
So geht mein Weg.

Sie steckten ans Wamms mir den duftigen Strauß
Und schenkten mir noch einmal ein,
Dann wandert' ich fürbaß zum Thore hinaus
Und war in der Fremde allein.
Zurück nach den Thürmen noch blick' ich vom Stege
Da riefen die Vögel aus Busch und Gehege:
Fahr' weiter, Gesell, fahr' zu!
Was säumest du?

Zog über die Heide und über das Moor,
Da wehte der Wind so kalt,
Da sang es im Schilfe, da pfiff es im Rohr,
Und dann in den düsteren Wald,
Da gingen die Bäume die Winke die Wanke,
Die Brausen die Brasseln, die Klinke die Klanke,
Da schäumte und rauschte der Bach:
Mir nach! mir nach!

Nun kam ich zur klappernden Mühle in Gang
Und dachte: da kehrest du ein
Und legst dein Bündel still unter die Bank
Und grüßest mit Glück herein!
Den Mühlenstein sollst auf's Wasser du schlagen,
Trägt's den, so wird es dich auch wohl tragen;
Das Mühlrad ging immer rundum:
Kehr' um! kehr' um!

Ich habe durchfahren das weite Land,
Durchfahren dahin, daher,
Und was allerwegen vom Glück ich fand,
Davon ist das Ränzel nicht schwer,
Die Blumen am Wege, am Himmel die Sterne,
Die Einen verwelkt, die Andern so ferne,
Mein Herz, in der Welt allein,
Wer denkt noch dein?

———

Ich freu mich, sprach das Mägdelein,
Und will den Sommer fröhlich sein
Und lauter guter Dinge;
Mein Herze ist von Freuden voll,
Daß ich mich wohl gehaben soll
Mit einem Edelinge.

Lieb Tochter, war der Mutter Rath,
Der Knabe sich vermessen hat,
Er hat dich hintergangen.
Die Rosen haben Dornen all,
Wenn er dir zuwirft seinen Ball,
So sollst du ihn nit fangen.

Frau Mutter, laßt die Rosen stehn,
Ich will zu meinem Buhlen gehn
Und weiß ihn wohl zu finden;
Es klingt sein Lied wie keins im Land,
Er fängt mich höflich bei der Hand
Im Reien an der Linden.

Lieb Kind, nimm dir des Meiers Sohn,
Deß Liedel geht aus anderm Ton,
Er hat die Truh voll Gulden;
Dein Vater bläst das Jägerhorn,
Ich hab im Haus nicht Flachs, nicht Korn,
Der Ritter hat nur Schulden.

Den Dorfknab mag ich nimmer ha'n,
Der Ritter hat mir's angethan,
Verguldt sind seine Sporen,
Mein Freundschaft und mein Heimlichkeit
Gehören ihm in Ewigkeit,
Ihm hab ich mich verschworen. —

O weh, ihr Rosen, welk und blaß,
Wie wurdet ihr von Thränen naß,
Wie seid ihr nun verzaget.
Auf einem Grabe ganz allein
Da sitzt ein kleines Vögelein
Zur Winterszeit und klaget.

———————

Im Dorfe blüht die Linde
Und duftet weit und breit,
Die kleinen Vöglein singen
In lauter Fröhlichkeit,
Es spannt sich das vielgrüne Dach
Als ihr Gezelt und Wohngemach.

Vergangen und vergessen
Ist nun des Winters Weh,
Es stehn in lichtem Scheine
Die Blumen und der Klee,
Und auf dem Anger steckt ein Kreis
Zu Ridewanz und Heijerleis.

Nun fiedelt auf, Herr Spielmann!
Ein nagelneues Stück,
Drei Schritte geht es vorwärts
Und einen Sprung zurück,
Es lockt und schallet der Gesang
Wie König David's Harfenklang.

Du rother Mund, nun lache!
Zum Reien geht's hinaus,
Setz' dir aufs Haar ein Kränzel
Und reiche mir den Strauß,
Dann sag' ich dir, ich weiß wohl was,
Macht's Wänglein roth und Aeuglein naß

An meiner Thüre du blühender Zweig
Frühe beim Morgenrothe,
Bist mir ein lieblicher Fingerzeig,
Sehnender Freundin Bote.

Tausendmal segn' ich den flüchtigen Fuß,
Der mit schüchternem Wagen
Dich als thaufrischen, wonnigen Gruß
Mir auf die Schwelle getragen.

Weiß ich es doch, als hätt' ich's gesehn,
Wer dich pflückte vom Strauche,
Wittre in deinem Dufte ein Wehn
Von ihres Mundes Hauche.

Und ein finniger, feliger Mann,
Pflanz' ich dich auf am Hute,
Sehen mag dich, wer sehen kann,
Sehen die Hochgemuthe!

***

Siehst du über jenen Hügeln
Hoch den Falken dort?
Trüg' er doch auf seinen Flügeln
Meine Sehnsucht fort!

Oder könnt' ich sie verfenken
In die tiefe See,
Müßte deiner nicht gedenken
Mit der Brust voll Weh.

Immer hör' ich noch das Rufen
Von des Wächters Horn,
Klang von fremden Rosseshufen,
Und des Ritters Sporn.

Seh' noch deines Schleiers Winken,
Als ich ritt hindann,
Luftig schmetterten die Zinken
Dem betrübten Mann.

Und auf meinen Lippen brennet
Noch dein letzter Kuß;
Was uns scheidet, was uns trennet,
Ist's nur Berg und Fluß?

Ach! es spiegelt in dem Thaue
Sich ein bleiches Bild,
Deine Augen, holde Fraue,
Glänzen sternenmild.

Und du breitest deinem Lieben
Wohl die Arme aus,
Fliegt hinan, vom Mönch geschrieben,
Brieflein dir und Strauß.

Bin zurück aus weiter Fremde,
Unterm Pilgerkleid
Trage ich das Panzerhemde,
Waffen und Geschmeid.

Bin gefahren durch die Lande,
Wie du mich verbannt,
Bringe von dem Turbanbande
Dir den Adamant.

Nimmer, Herrin, werd' ich weichen,
Bis du mich erhört,
Will mich in den Burghof schleichen,
Thürmer ist bethört.

Oeffne, öffne mir die Pforte
In verschwiegner Nacht,
Wie's verheißen deine Worte,
Deines Lächelns Macht.

Will auf deinem rothen Munde
Finden süßen Trank
Und in trautem Liebesbunde
Meinen Minnedank.

———————

Still ist's im Wald, es rauschet
Nur leise murmelnd der Bach,
Durch dämmernde Zweige lauschet
Singvöglein in's grüne Gemach.

Auf Blumenkelchen wiegen
Sich Falter im Sonnenschein,
Goldblitzende Käfer fliegen
Und summen und schläfern dich ein.

Wir ruhten unter den Bäumen
Im Schatten auf kühlem Moos
In süßen, seligen Träumen
Von glücklichem Menschenloos.

Wir dachten, wir wären alleine,
Allein auf der Welt umher,
Wir sprachen: der Deine, die Meinet
Und hatten kein ander Begehr.

Da kam Frau Minne gegangen
Und sah uns lächelnd an
Und hat uns mit Armen umfangen,
Das Weib und den seligen Mann.

Sie hat uns Blumen gestreuet
Und sang uns ein zaubrisches Lied,
Wir haben uns ihrer gefreuet
Und merkten's nicht, wie sie schied.

Frau Minne, wann gehst du wieder
Des Weges im stillen Wald?
Bück' unter die Zweige dich nieder
Und suche nur, findest uns bald.

————————

Laß mich dir sagen, laß mich dir singen,
Daß ich dich liebe, du herzige Maid,
Ach! mich umsauset ein Schwingen und Klingen,
Herz will mir springen,
Weiß nicht, vor Glück oder Leid.

Wenn ich dich sehe, nahe und ferne,
Geht mit mir Alles auf Erden rundum,
Daß meinen Namen ich gerne verlerne,
Himmlische Sterne,
Tanzet um's Liebchen herum!

Habe geschworen mit Weinen und Lachen:
Mein muß sie werden, und mein wird sie doch!
Und ob dich Riesen und Drachen bewachen,
Auch aus dem Rachen
Riß' ich der Hölle dich noch.

Sieh! und da bin ich; nun will ich dich drücken,
Drücken dich fest an die klopfende Brust,
Laß dich von Liebesentzücken berücken,
Ging auch in Stücken
Welt vor der ewigen Lust!

Und wenn ich des Papstes Schlüssel trüg',
Und wenn mit des Kaisers Schwert ich schlüg',
Ich wüßt' eine Wundermäre;
Ich spräche wohl heilig mein Herzenslieb
Und schlüge zum Ritter den Tugenddieb,
Wenn ich und kein Andrer es wäre.

Komm, komm, viellieber Geselle mein,
Du wilder Falke, kehr' ein, kehr' ein!
Ich weiß einen Himmel auf Erden;
Und wenn du auch noch kein Ritter bist,
Und wenn auch dein Lieb keine Heilige ist,
Da können wir selig werden.

Rothhaarig ist mein Schätzelein,
Rothhaarig wie ein Fuchs,
Und Zähne hat's wie Helfenbein
Und Augen wie ein Luchs.

Und Wangen wie ein Rosenblatt
Und Lippen wie ein Kirsch,
Und wenn es ausgeschlafen hat,
So schreitet's wie ein Hirsch.

Im Köpfchen sitzt ihm ein Kobold,
Ein Grübchen in dem Kinn,
Ein Herzchen hat es klar wie Gold
Und kreuzfidelen Sinn.

Wie Silberglöcklein spricht's und lacht's,
Wie eine Lerche singt's,
Und tanzen kann's und Knixe macht's,
Und wie ein Heuschreck springt's.

Und lieben thut's mich, Zapperlot!
Das weiß, was Lieben heißt,
Und küßt es mich — Schockschwerenoth!
Ich denk' manchmal, es beißt.

Doch weiter kriegt ihr nichts heraus,
Und fragt ihr früh und spat,
Es kratzt mir sonst die Augen aus,
Wenn ich noch mehr verrath.

———————

Heraus mit der Fiedel, den Bogen gewichst
Und die rostige Kehle geschmiert!
Sieh doch, wie das Mädel da zappelt und knixt
Und sich dreht und sich schämt und sich ziert.

Ei! Graukopf, du warst ja doch auch einmal jung
Und hattest ein Liebchen im Arm,
Nun bist du zu steif für den Siebensprung,
So geige und singe dich warm.

Und schneide mir kein so'n Holzapfelgesicht,
Es kann doch nicht jeglicher Wein
Wie Honig so süß und so klar wie das Licht
Und so süffig wie Buttermilch sein.
Der Saure macht lustig, allhup! wohl bekomm's!
Na, wenn er ein wenig auch kratzt,
Er hat so was Flinkes, was Glattes und Fromm's,
Von dem ist noch Keiner geplatzt.

Zum Kuckuk mit deinem Nachtwächtergeplärr!
Da kann ich's doch besser, du Narr,
Du sägest und schabst uns ein Ohrengezerr
Und näselst wie unser Herr Pfarr.
Mal her mit dem Zeug! jetzt, Mädel, paßt auf!
Und haltet die Röcke hübsch fest,
Den Rechten, den Linken, daran und darauf!
Nun springt wie der Has' aus dem Nest.

Nun? merkst du was, Alter? jetzt kriegst du wohl Muth?
Das fluscht doch ganz anders darein,
Bin selber ein Spielmann, das steckt mal im Blut,
Die Fiedel macht's doch nicht allein.
He! Lieselott, fülle das Krügel mir frisch,
Halt! nicht von dem Lustigen, Kind!
Das bin ich schon selber; da unter dem Tisch
Steht's Kännlein, — der wuchs unterm Wind.

———

Vogelsteller.

So lag Hunold in der Herberg
Singend, trinkend, musizirend,
Um den Vollmond abzuwarten.
Tages hielt ihn nichts im Hause,
Einsam strich er dann im Freien,
Hatte immer ein Gewerbe
Und ging Jedem aus dem Wege.
In den Wald schlug er sich meistens,
Stand da horchend unter Bäumen,
Denn der Vogelsprache kundig
War der vielerfahr'ne Sänger.
Auf des Basbergs laub'gem Gipfel
Hatt' er sich mit Raths Verwill'gung

Einen Vogelherd errichtet,
Dahin stieg er jeden Morgen
Schon hinan bei Sonnenaufgang,
Saß und lauerte und lockte.
Waren doch die muntren Vöglein
Seine Freunde und Genossen
In der Zunft der Sangesbrüder,
Und des Waldes lust'ge Spielleut
In dem bunten Federhemde
Waren Fahrende, die sorglos
Wie er selbst, der Vogelfreie,
Ueberall ihr Nestlein bauten,
Wo vor Stürmen, Schnee und Regen
Sie ein schirmend Obdach fanden.
Alle kannt' er sie mit Namen,
Ihren Flug und ihre Stimme,
Und wo sie am liebsten hausten.
Fand er eine Feder liegen,
Bückt' er sich und steckt' sie sorgsam
An die hohe, spitze Kappe,
Wußte gleich, aus wessen Flügel
Oder Schwanze sie gefallen.

„Dompfaff, sprach er, ausgeschlafen?
Plusterst ja noch so die Federn,
Bist im Augenblick wohl eben
Aus dem Neste erst gekrochen?
Sonne ist schon aufgegangen,
Hörst du's denn nicht Messe läuten
Unten in Sankt Bonifacius?
Schnell auf deinem rothen Brustlatz
Schlag' ein Kreuz und sag' dein Sprüchlein,
Und wo ist denn die Frau Pfäffin?"
„Etsch! rief Dompfaff, etsch! du Spitzbub,

Etsch! geh' selber in die Beichte,
Hast genug auf dem Gewissen,
Kannst auch mal die Sünden abthun,
Brauchst die Köpf' nicht zu verdrehen,
Dran die langen Zöpfe hängen,
Und die frommen Mädchenherzen
Nicht mit Liedern zu bethören,
Bist mir gar ein lockrer Vogel!"

„Dompfaff, mach' dich fort, du Gimpel!
Brauchst mir nicht den Text zu lesen,
Bist ein Pfaff wie andre Pfaffen."
Kam ein Rothschwanz angeflogen:
„Hst! Herr Spielmann, hst! hst! ticktack!
Sitzt 'ne Fliege auf der Nase,
Kann nicht mal die Fliege fangen
Und will uns die Schlingen legen?
Hst! Herr Spielmann, ticktack! ticktack!
Hst! hst! Fliege auf der Nase!"
Schmetterte ein Fink dazwischen:
„Pink! pink! Pinkepank der Schmied
Sollt' ein braunes Roß beschlagen
Einem jungen Reitersmanne;
Wie er hämmerte und klopfte,
Pink! pink! Pinkepank der Schmied,
Saß der Reiter hinterm Blasbalg,
Küßt' des Schmiedes schmuckes Weibchen;
Kenn' den Reiter, kenn' den Schmied,
Pink! pink! Pinkepank den Schmied."

„Na, nur nicht so laut, Herr Fürwitz!
Bist ja feist, die Bucheneckern
Sind wohl heuer gut gerathen?
Nimm in Acht dich, Pinkepanker,
Sah heut schon den Habicht fliegen,
Wärst für ihn ein fetter Bissen!"

Doch der Fink ließ sich nicht irren,
Schlug die allerkecksten Weisen,
Blies den Reitzug und den Waidmann,
Weingesang und Schüttelzwetscher,
Gutjahr, Bräutigam und Kienöl,
Schwarzgebür und Parakika
Und den großen Doppelschlag:
Finkferlinkfinkfink zißspeuzia!
Parerlalala zischkutschia!
Hoizia! Fritz, Fritz, Fritz rüdidia!"
„Amen! rief der Vogelsteller,
Hast noch nichts verlernt, mein Hähnchen,
Seitdem dich Henricus Auceps
Auf dem Finkenherde lockte."

Also pflog er Unterhaltung
Mit den lieben Zunftgesellen,
Die aus sangesfrohen Kehlen
Ohne Instrumente spielten,
Sich auf schwanken Zweigen wiegten,
Ihn umflatterten, umschwirrten
Und mit klugen Aeuglein ansah'n.
Grasmück kam und Heidelerche,
Hänfling, Stieglitz, Specht und Zeisig,
Alle grüßten ihn und neckten,
Doch für jeden losen Schnabel
Hatt' er eine schnelle Antwort.
Durch den Wald jetzt klangen Töne,
War ein Pfeifen und ein Flöten, —
Wär' Frau Nachtigall, die Süße,
Nicht von hinnen schon gezogen,
Sollt' man denken, sie nur wär' es,
Die so tief melodisch anhub;
Doch es war des Spielmanns Liebling,

War die Amsel, die jetzt stimmte
Und mit seelenvollem Klange
In der Brust dies Lied ihm vorsang,
Daß betroffen Hunold lauschte:

Ich kenne ein Mädchen, das schaute tief
In's Aug' einem lockigen Knaben,
Und ob sie wachte, und ob sie schlief,
Sie mochte in Armen ihn haben.
Sie sprach: Du nahmst mir dahin die Ruh,
Mein Haupt muß in Sorgen ich lehnen,
Denn alle mein Sinnen und Denken bist du
Und alle mein Träumen und Sehnen.

Ich kenn' auch den Knaben, er wuchs zum Mann,
Er spielet und singet zur Geigen,
Und ehe der lustige Sommer verrann,
Da wurde das Mägdlein sein eigen.
Sie sprach: Und wenn mich dein Arm umschlingt,
Und du drückst mich wieder und wieder,
So ist mir, als wenn seine Flügel schwingt
Ein Engel vom Himmel hernieder.

Wo über dem Bache die Weide hing,
Da ruhten sie auf dem Moose,
Da war es, wo er sie heiß umfing,
Eine blühende, glühende Rose.
Sie schmiegte sich an ihn mit zitterndem Leib
In der Liebe berauschenden Freuden,
Sie lachte, sie weinte, das selige Weib
Und wollt' ihm ihr Leben vergeuden. —

Verrathen die Liebe, gebrochen die Treu, —
Er ließ sie und gab sich aufs Wandern

Und pfeifet und fiedelt hinweg sich die Reu
Und küsset und koset mit Andern.
Verwelkt ist die Rose, entblättert, entlaubt,
Es riß sie der Sturm vom Gehege,
Zerknickt und zertreten, des Duftes beraubt,
So sah ich sie liegen am Wege.

Schweigsam zog der Spielmann weiter,
Bückte sich und pflückt' am Boden
Sich ein rothes Heideblümchen,
Das er lange sinnend ansah,
In den Fingern gar zerdrückte
Und dann achtlos wieder wegwarf.
„Ja so war's; ich seh' wie heute
Sie am Bach noch vor mir stehen
An dem stürmisch rauhen Abend,
Der in jenem Thal mein letzter.
Ihre schönen, braunen Haare
Wehten ihr um Schlaf und Nacken,
Und sie wußte, daß es aus war,
Frug mich nicht, doch ihre Augen
Brannten mir bis in die Seele,
Und zum ersten Mal im Leben
Wollte mir das Wort versagen. —
Was kann ich dafür, wenn einmal
Schlechten Ankergrund im Herzen
Die Natur mir eingerichtet?
Oben fährt es sich ganz lustig,
Und manch schmuckes Schifflein tanzte
Schon auf meiner Liebe Wellen,
Das die stolze Flagge einzog,
Wenn es meinen Kurs erst kreuzte;
Seht euch vor, ich bin ein Spielmann!"
Durch die Bäume fuhr ein Windhauch,

Schüttelte vom Morgenthaue
Ihm ein kühles Tropfenschauer
Auf das Wamms, „Na, was denn? rief er
Ist's etwa nicht wahr, ihr Hölzern,
Daß ihr darum so verwundert
Eure krausen Häupter schüttelt?"
Unten aus dem Schlehbusch zirpte
Ihm ein Zaunkönig entgegen:
„Mausefänger! Herzensdieb!
Wenn du pfeifst, so tanzen Alle,
Tanzen Mäuse, tanzen Mädchen,
Doch es kommt einmal der Tag, da
Mädchen singen, Mäuse pfeifen
Und du in der Luft mußt tanzen
Ohne Boden untern Füßen."

„Daß dich Ratte doch und Wiesel
Gleich beim Kragen hätten, Däumling!
Müssen doch die kleinsten Wichte
Stets die größten Mäuler haben."
In der höchsten Fichte Wipfel
Rucksten da zwei wilde Tauben;
Hunold lauschte, was der Täubrig
Sprach zur Taube seines Herzens:
„Täubchen! Schönste doch im Lande
Ist des wackern Bürgermeisters
Dunkeläugige Regina
Mit den langen, schwarzen Zöpfen;
Sah sie neulich auf der Linde,
Einsam saß sie dort und seufzte,
Schaute wohl nach einem Freier;
Ist nun aufgeblüht die Rose,
Duftend, leuchtend, reif zum Pflücken."
Und die Taube girrte: „Männchen!
Freier ist schon angekommen,

Schultheiß' Sohn, der Heribertus,
Hat beim Alten schon geworben;
Als ich gestern flog vorüber,
Sah ich Arm in Arm sie stehen.
Ja sie blühte wie die Rose,
Doch die Rosen haben Dornen,
Daran sah ich Thränen blinken,
Und schon manchesmal auch hingen
Rothe Tröpflein an den Dornen."
Hunold stutzte ob der Märe:
„Bürgermeisters schöne Tochter
Schaut' ich nimmer; voll in Blüthe,
Sprach der Täubrig, steht die Rose?
Freilich mit dem Schultheiß hab' ich
Niemals gerne was zu schaffen,
Hat den Blutbann und die Rüge —
Rothe Tröpflein an den Dornen —
Ach was! dummer Taubenschnickschnack!"
Plötzlich hört' er Flügelrauschen,
In der Eichenkrone knackt es,
Und ein dürrer Ast fiel nieder
Grade hin vor Hunold's Füße,
Und ein Rabe krächzte oben:
„Stab gebrochen, Meister Hans!
Rabenstein und Rad und Galgen
Seh' ich deine Wege sperren,
Rattenjäger! Hexenmeister!
Geh' nicht in den Rath zu Hameln,
Fängst dich selbst im kalten Eisen
Wie der Fuchs am Dohnenstiege;
Rad und Galgen, Rad und Galgen
Seh' ich deine Wege sperren,
Und wir Raben werden fliegen,
Werden dir die Augen hacken,

Die Verräther und Verführer,
Und die Untreu trifft die Rache."
   „Sei verflucht, des Teufels Küster!
O die Armbrust an die Wange,
Dir des Todes Gruß zu danken!
Hat sich Alles denn verschworen,
Solch ein Lied mir heut zu singen?
Zwitschert doch, ihr Luftgesellen!
Schimpft und lügt, geschwätz'ge Zungen!
Hab' mich doch aus Noth und Aengsten
Immer wieder wett gesungen.
Augenzauber, Liebeszauber,
Lieb' und Leben darfst du wagen
Bis zum letzten Bogenstriche;
Komm hervor, mein tröstlich Spielwerk,
Mir die Grillen weg zu blasen,
Frei und froh mein Herz zu singen.
Und ihr flatterhaften Sänger,
Stegreifvolk, du federleichtes,
Hütet euch! der Merker lauert,
Jeder Mißton steht am Kerbholz."
Damit setzt' er die Schalmeie
An die Lippen, blies und lockte,
Daß es rings im Walde schallte,
Und mit rüst'gen Schritten wand er
Sich um Stämme und Gesträuche.

Als bei seinem Vogelherde
Er nun oben angekommen,
Hält er Umschau in die Landschaft,
Wo in weit gespanntem Bogen
Nebeldampfend fließt die Weser.
In den Mühlen auf dem Strome,
Nah dem Ufer festgeankert,

Drehn sich breite Schaufelräder;
Deutlich durch die Morgenstille
Tönt herauf der Schiffer Rufen
Von den frachtbeladnen Kähnen
Und am Bord der Stoß der Ruder.
Röthlich glänzen in dem Frühlicht
Vor dem tiefen Blau des Himmels
Hügelreih'n und Bergeskuppen
Mit den Warten drauf zur Fernsicht;
An den Gräsern blitzt und funkelt
Thau wie eitel Diamanten,
Doch im Schatten an den Hängen
Liegt noch Reif wie weißes Spinnweb.
Schier vergoldet sind die Wipfel
Des schon bunt gefärbten Waldes,
In den Seitenthälern aber
Wallt ein Duft noch, schleierähnlich;
Auch die Stadt in breiter Mulde
Sendet Rauch aus allen Essen,
Der in reiner, klarer Herbstluft
Kräuselnd kerzengrade aufsteigt
Und in Wolken bläulich wirbelt.
Ueber das Gewirr der Dächer
Ragt empor die Münsterkirche
Mit den beiden schlanken Spitzen
Und der Thurm Sankt Nicolai;
Hie und da erhebt vor andern
Sich ein Haus mit seinem Giebel
Aus den engen, krummen Gassen,
Oft umkreist von Taubenschwärmen;
Gadem springen vor und Erker,
Und auf bleigedeckten Kuppeln
Blinken Wetterhähn' und Knäufe
Spiegelhell im Sonnenglaste.

Leicht erkennbar ist das Rathhaus
An dem steilen Schieferdache,
Auch die alten Stiftsgebäude
Mit dem Kreuz sind weithin sichtbar.
Von jedwedem Thore führet,
Fest gemacht mit schweren Ketten,
Eine Zugbrück' übern Graben,
In geschloßnem Ring als Schanze
Dehnt sich um die Stadt die Landwehr,
Und da hinten, ganz abseiten
Zeigt sich schauerlich und einsam
Auf dem Hochgericht der Galgen.

Sinnend ruhen Hunold's Blicke
Auf dem Bild zu seinen Füßen:
„Sollt' man's meinen, spricht er lächelnd,
Daß die hübsche, wohlverwahrte
Stadt, die da so freundlich herschaut,
Fast den Mäusen mehr zu eigen,
Als den Menschen, die drin wohnen?
Was wird dir noch dort beschert sein?
Wird gelingen die Beschwörung?
Wirst du reich belohnt in Frieden
Aus dem offnen Thore gehen?
Wirst landflüchtig du von hinnen
Einst in Nacht und Nebel weichen,
Schwer verwünscht und gar verfolgt auch?
Oder läßt du Leib und Leben,
Wie der schwarze Galgenvogel
Prophezeite, in den Mauern? —
Dort das Gärtchen nah am Thore
Mit der Geisblattlaube kenn' ich,
Wo das blonde Fischermädchen
Wohnt mit seinen blauen Augen;

Aber dort das Haus am Markte
Mit dem hohen Schieferdache
Kenn' ich auch, es schaut so düster
Zu mir auf wie eine Warnung,
Als ob unter jenem Dache
Sich mein Schicksal wenden müßte,
Und dort Unheil meiner warte.
Als ich da die Treppe aufstieg,
Stieß ich an die erste Schwelle
Mit dem Fuß, daß er mich schmerzte,
Eine üble Vorbedeutung! —
Aber nur nicht zaghaft, Singuf!
Wer nicht wagt, wird nie gewinnen."

Also murmelt er, dann aber
Macht er sich bereit zum Fange,
Stellt das Garn und Zug und Leine,
Setzt die Locker, streut als Köder
Auf dem Herde aus die Beeren,
Ebereschen und Wacholder;
Nach dem Winde sucht er Wittrung,
Haucht sich auf die blauen Nägel,
Und sich innen zu erwärmen,
Thut er aus der Kürbisflasche
Einen langen Zug, und endlich
Setzt er sich hinein in's Häuschen,
Das verdeckt mit Moos und Reisig,
Späht und lauscht nun durch die Ritzen,
Horcht, ob's in der Luft nicht sausend,
Schwirrend über ihn hinwegzieht,
Ob nicht Drosselschwärme, lüstern
Nach den leuchtend rothen Beeren,
Draußen auf die Krakeln bäumen.
Still! da kommt ein Schwarm geflogen,

Setzt sich auf die dürren Aeste,
Blickt sich rechtsum, blickt sich linksum,
Nach den Beeren, nach dem Hügel,
Den das Dach der Hütte bildet,
Und der ihm nicht recht geheuer.
Scheu und schlau und doch begierig
Nach der reichen, leckern Atzung,
Hüpft bald der, bald jener Vogel
Tief und tiefer auf den Zweigen,
Dreht das Köpfchen, wetzt den Schnabel,
Und der Vorsicht schon vergessen,
Läßt er sich herab zum Herde.
Andre folgen, — immer mehr noch —
Mit Herzklopfen, triumphirend
Harrt, des guten Fanges sicher,
Athemlos der Vogelsteller,
Zählt und zählet an die Fünfzig
Der Bethörten auf dem Herde,
Tastet unverwandten Blickes
Mit der Hand schon nach dem Schlagseil —
Brrr! da hebt sich's in die Lüfte,
Eh' er noch den Zug gethan,
Und daher im Laube raschelnd
Hört er seitwärts Schritte nahen.
Wüthend stürmt er aus der Hütte:
„Tod und Teufel! welcher Fürwitz
Führte Euch mir in's Gehege?
Habt mir meinen Fang verdorben,
Sprecht, wer seid Ihr? und was schafft Ihr?"
Also braust er zornesmuthig,
Mit der Hand zur Hüfte fahrend,
Als ob dort ein Schwert ihm hinge,
Einem Fremden wild in's Antlitz,
Der ihn mit den Augen messend

Staunend und gelassen dastand.
„Seit wann ist es denn verboten
Sich im Walde zu ergehen?
Sprach der Fremde stolz und ruhig,
Ich steh' hier auf Heimathsboden,
Bin des Schultheiß' Sohn und Steinmetz
Heribert de Sunneborne,
Können uns ja weiter sprechen.“
Und dann schwand er in die Büsche.
„Schultheißsohn und Heribert,
Grollte in den Bart der Vogler,
Hört' ich nicht ein Liedlein singen
Dort im Wald vom Schultheißsohne
Und des Bürgermeisters Tochter?
Könnten uns ja weiter sprechen,
Sagt' er, — werden's, Steinmetz, werden's!
Wenn's nur fein und glimpflich abgeht!
Solchen Fang mir zu verderben!
Wart', ich tränk' dir's ein! das Badgeld,
Das ich mir beim Rath bedungen,
Deine Liebste soll mir's zahlen!“
Sprach's und kroch in's niedre Häuschen.

Doch es wollt' ihm heut nicht glücken
Mit dem Fange, und des Sitzens
Ueberdrüßig brach er auf,
Schlenderte in trüber Stimmung
Durch den Wald, und wie aus Träumen
Kam ihm eine alte Weise,
Die er leise vor sich summte,
Denn er mußte sich besinnen
Auf die halbvergessnen Strophen,
Bis die Worte ihm allmählig
Wieder in's Gedächtniß kamen.

Vom Berg unter Buchen rauschte ein Born,
Hochgehalten von Manchem als Heilquell,
Wenige wußten des Wassers Kräfte,
Träume trug's in die Seele des Trinkers.

Zwischen Zweien, die netzten die Zunge,
Loderten auf Flammen der Liebe,
Doch schwanden im Herzen Wort und Treuschwur,
Die sie gelobt dem ehe Geliebten.

Runen standen am Steine geschrieben,
Kein Lebender las, was sie lehrten,
Vöglein sangen fröhlich im Walde,
Blaue Blumen blinkten im Grase.

Einmal kam mit adligem Knappen
Des Grafen Gemahl zum glitzernden Quell,
Er hob der Herrin den Becher von Holz,
Und beide tranken, nicht ahnend den Trug.

Sie sahen sich an, von Sehnsucht ergriffen,
Ganz vergessen hat sie das Gelübde,
An blühenden Busen drückt sie den Buhlen,
Koset und küßt ihn im kühlen Schatten.

Pfeifend schwirrt ein Pfeil gefiedert,
Senne des Grafen sandte den Boten,
Jählings getroffen stürzt der Jüngling,
Roth rinnt sein Blut in's rieselnde Wasser.

Zitternd in Zorn, des Zaubers kundig,
Schöpft der Schütze schnell aus dem Bach,
Doch wendet vom Wasser sich weigernd die Bleiche,
Trinkt keinen Tropfen vom Blutgetränkten.

Flehend fällt der Graf ihr zu Füßen,
Drängt und droht, sie deutet aufs Blut,
Da stößt er den starren Stahl ihr in's Herz,
Lautlos sinkt sie in Leid und Liebe.

Trauernd trägt man die Todten zu Grabe,
Fern bleibt der Burg der stolze Gebieter;
Keiner weiß, wo im Wald der Born war,
Ranken recken sich über den Runen.

Um die hundertjähr'ge Linde
In des Bürgermeisters Garten
Spann sich Alterweibersommer,
Flatterte in weißen Fäden
Lang gezogen durch die Lüfte.
   Vor der Thür war Sankt Micheli,
Doch des Herbstmonds helle Sonne
Brannte noch mit heißen Strahlen
Auf die Reben am Gelände
Drüben, die die Herrn vom Stifte
Weislich schon vor Jahren pflanzten.
Dorten mußte sie noch kochen
Jenen gelben Saft der Trauben,

Den die Herrn Canonici
Ueber alle Maßen liebten,
Wenn sie keinen beffern hatten.
Doch sie hatten meistens beffern,
Und man wußte es ganz sicher,
Daß am Tage von Sankt Urban,
Welcher Schutzpatron des Weinbau's,
Mit dem Probste sie in Andacht
Eine fromme Mette hielten,
Und höchst brünstige Gebete
Und sehr kräftige Gesänge
Stiegen dann aus den Gewölben
Nicht der Kirche, nein des Kellers
Zu dem Heil'gen auf und flehten
Laut um ein gesegnet Weinjahr.
Das Gehöft des Klosters aber
Mit den stattlichen Gebäuden
Sah man von der Lindenlaube.

Ach! das war ein traulich Plätzchen
Um den dicken Stamm des Baumes
Und die breiten Aeste hielten's
Wie ein Nest in ihrem Schoße.
Gar geräumig war's, man konnte
Mit einander auch zu Dreien
Ganz bequem rundum spazieren
Auf dem glatten, ebnen Boden,
Der aus Tannenholz gefügt war,
Mußte man sich hier und dorten
Auch vor einem Zweig mal bücken,
Der zu tief hinüber ragte.
Um die Laube war gezogen
Ein durchbrochenes Geländer
Als verläßlich starke Brüstung,

5*

Daß sich selbst der Bürgermeister
Wuchtig darauf stützen durfte,
Sprach von oben er nach unten;
Uebertüncht mit brauner Farbe
War das Holzwerk und zum Zierrath
Abgesetzt mit dunklen Linien.
Wo's die Aeste nur erlaubten,
War auch an den Stamm gelehnet
Eine Bank herum gezimmert,
Und daneben an den Zweigen
Waren Bretlein festgenagelt,
Die als kleine Tische dienten.
An dem Platze, der die Aussicht
Weithin auf die Stadt gewährte,
Hatten große, dunkle Ringe
Auf dem Bretlein sich gebildet,
Denn da pflegte der Herr Wichard
Seinen Schauer hinzustellen,
Dem er gern hier oben zusprach.
Grade nach der andern Richtung
War der Lieblingssitz Reginens;
In die Ferne, nach den Bergen,
Auf den hellen Weserspiegel,
Wo die weißen Segel blinkten,
Ueber Aenger, Wald und Dörfer
Schweiften gerne ihr die Blicke.
In des Gartens hochgelegnem
Theile, nahe an dem Stadtwall
Stand die Linde, von der Laube
Sah man über alle Dächer.
Selber ward man kaum gesehen,
Wie der Vogel in den Zweigen
Saß man in dem Laubgezelte;
Sah man in den hohen Wipfel,

War's ein vielverschlungnes Wirrsal,
Und die grüne Dämmrung lockte,
Höher noch hinauf zu klimmen,
Um sich wie der muntre Fink,
Den man hörte, doch nicht sah,
Ganz im Laube zu verstecken.
Wenn der Wind es sanft bewegte,
Lugte wie ein blaues Auge
Wohl ein kleines Stückchen Himmel
Durch der Wölbung leises Schwanken.
Und der Blätter rege Schatten
Malten Herzen auf's Getäfel,
Die da zitternd, ruhlos tanzten,
Nah sich kamen, dann sich trennten.
Wie ja auch die Menschenherzen
Jetzt sich suchen, jetzt sich fliehen
Heimlich zitternd und erbebend.

Heute lächelte die Sonne
Freundlich auch dem Glück der Liebe.
Heribertus und Regina
Standen oben in der Laube
Der vieläst'gen Lindenkrone,
Und es kümmerte sie wenig,
Wenn manchmal aus dem Gezweige
Sich ein welkes Blättchen löste,
Leise knisternd auf die Bank fiel
Oder durch den Luftraum kreisend
In den Garten niederschwebte.
In die Obhut heil'ger Linden
Stellten frommen Sinns die Alten
Ihre hohen Götterbilder,
Sahen scheu hinauf und schwuren
Treue sich mit festen Eiden.

Auch in dieser Linde Wipfel
War zur Stund ein Bild zu schauen
Hehr und herrlich wie die Götter,
Die in dunklen Hainen wohnten.
Wie des Epheus grüne Ranke
An den sturmerprobten Waldbaum
Sich mit tausend Fasern klammert,
Hielt Regina mit den Armen
Und mit Sinnen und Gedanken
Ihren Heribert umfangen,
Schmiegte sich an den Geliebten,
Lehnte sich in seinen Arm auch,
Den er wie zu Schutz und Stütze
Um die Schulter ihr geschlungen.
Also standen sie und schauten
Beide in die offne Landschaft,
Er in edler Mild' und Mannheit,
Bild der Kraft von hohem Wuchse,
Sie in voller Jugendschöne
Blühend, schwellend, wonneathmend.
Ueber ihren Häuptern grade,
Einem Baldachin vergleichbar,
Spannte sich ein Zweig der Linde,
Und der helle Glanz der Sonne
Gab ein Funkeln und ein Blitzen,
Wie von goldner Luft umsponnen
Waren die zwei Lichtgestalten.
Keiner sprach; — wozu auch Worte,
Wenn die Herzen voll zum Springen,
Wenn es innen jauchzt und jubelt,
Singt und klingt in allen Tönen,
Die in eines Menschen Seele
Das Berauschendste des Daseins
Weckt und stimmt zu süßem Schalle

Und in Wellen läßt erklingen,
Die im Strom der Zeit nicht enden.
Aber was in seiner Armuth
Nicht der Mund zu künden wußte,
Sprachen Sterne, schicksaldeutend,
Die ein Jeder von den Beiden
Sonnenklar an seinem Himmel,
In des Andern Antlitz winkend
Und verheißungsvoll sah leuchten.
Blickten sie sich in die Augen,
Ja dann schlug mit hellen Flammen
Sich das selige Geheimniß,
Das sie im verschwiegnen Busen
Treu bewahrten und doch nimmer,
Nimmermehr dort bergen konnten,
Weg und Steg von Herz zu Herzen;
All ihr Wissen war die eigne,
All ihr Wollen nur des Andern
Hochgemuthe, volle Liebe.

„Heribert, so stand ich manchmal,
Brach Regina nun das Schweigen,
Schaute hier von unsrer Linde
Nach dem Untergang der Sonne,
Wo weit hinter jenen Bergen
Fließt der Rhein, deß grüne Wellen
Dich auf dem Gerüst des Münsters,
Dacht' ich mir, zu Straßburg sahen,
Und dann klopfte mir das Herz:
Wenn er nur nicht fehltritt, sprach ich,
Und in seiner luft'gen Höhe
Ihn nicht Schwindel packt und Grausen.
Und dann schärfte sich mein Auge,
Und mir war, als säh' ich ferne,

Ferne einen Wandrer kommen
Von dem Teutoburger Walde,
Und der grüßte mich und winkte,
Und dann schloß ich beide Augen
Und sah dich, sah dich mir nahen."
„Also dachtest du doch meiner?
Sagte Heribert, und bangtest
Um mich, wenn ich an dem Münster
Stieg die Leitern auf und nieder?"
„Ach! ich dachte ja nichts Andres,
Sprach sie, und mir träumte einmal:
Ich stand unten an dem Münster,
Blickte auf und sah dich stehen
Oben auf der höchsten Staffel,
Und ich rief dich laut beim Namen,
Du erschrakst, und weit hinüber
Bogst du dich, mich zu erspähen;
Da — o schrecklich! — sah ich plötzlich,
Wie du schwanktest, wollt'st dich halten,
Aber griffst nur Luft und stürztest
Hoch hinab, ich aber fing dich,
Fing dich auf mit offnen Armen,
Und mit einem Schrei erwacht' ich."
„Nun, dein Traum ist aus, Geliebte,
Lachte Heribert, vom Münster
Komm' ich hoch herab und finde
Mich in deinen Armen wieder,
Die du liebend mir geöffnet."
Und er drückte sie in Freuden
An sein Herz, und sie umschlang ihn,
Und es ruhte Mund auf Munde.
„Aber nun bleib' ich ja bei dir,
Fuhr er fort, auf Nimmerscheiden;
Hat der Vater zur Vertrauung

Dir den Tag schon angekündigt?"
„Meinen Vater, sprach Regina,
Drückt etwas, er ist so schweigsam
Wie sonst nimmer, und er setzte
Eine Frist uns und Bedingung,
Von der ich es nicht verstehe,
Wie sie unser Glück soll hindern
Oder einen Tag verzögern.
Weißt, ein Fahrender ist kommen,
Spielmann auch und Vogelsteller,
Der in unsrer Stadt die Ratten
Und die Mäuse will vertilgen
Mit des Rathes Brief und Urkund,
Und der Vater hat beschlossen,
Nicht die Lautmerung zu halten,
Eh' der Pakt nicht mit dem Fremden
Abgelaufen und gelöst ist;
Doch zehn Tage nach dem Vollmond,
Meint' er, käm' es zur Entscheidung.
Vor dem Fremden aber graut mir,
Sah ihn heut vorüber streichen,
Und mit seinen dunklen Augen
Blickte er mich an so seltsam,
Daß das Herz mir dabei klopfte."
„Bin ihm heute auch begegnet,
Sagte Heribert, im Walde
Oben auf des Basbergs Gipfel,
Drohend waren Blick und Worte,
Und wir schieden nicht als Freunde.
Aber laß die Sorgen, Liebste,
Werde hüten dich und schützen
Vor des Falken grimmem Schnabel,
Flüchte dich in meine Arme
Nur, lieb Vöglein, bist hier sicher." —

Also redeten und kos'ten
In der Lindenlaube fröhlich
Heribertus und Regina,
Sprachen von dem Glück der Zukunft
Und von Aufgebot und Brautlauf,
Und wie seine liebe Mutter
Alles sorglich schon bedachte,
Was zur jungen Wirthschaft nöthig,
Bis der Abendstern erglänzte
Und die gute Dorothea
Sie zum Imbiß dann herabrief.

Gertrud.

Wenn der Weinglock letztes Läuten,
Das den Bürgern aus der Trinkstub,
Aus der Herberg und dem Kruge
Heimzugehen streng gebietet,
Kaum verhallt war, stahl sich Hunold
Längs den Häusern durch die Gassen,
Daß ihn auf verbotnen Wegen
Nicht des Mondes Licht verriethe,
Und zum Weserthore schlich er,
Wo im rohrgedeckten Hause
Fischermeister Rögner wohnte.

Von den Mädchen all und Frauen,
Die des Spielmanns Weisen lauschten,
Dachte Manche freundlich seiner,

Mancher hatt' ers angethan
Mit den zaubersüßen Klängen,
Und gewiß wohl mehr, als Eine
Hätte ihm von ihrem Munde
Nicht des Liedes Sold geweigert;
Keiner aber so von Allen
Hatt' er sich in's Herz gesungen
Wie der Tochter jenes Fischers.
Wenn die andern Mädchen lachten
Ob des Spielmanns seltnen Mären,
Lachte sie nicht mit und hörte
Nicht auf der Gespielen Scherze;
Sang er von dem Glück der Liebe,
Saß sie still im fernsten Winkel,
Aus den Lippen, halb geöffnet,
Drängte sich der rasche Athem,
Und ihr klopft' es unterm Mieder;
Sang er von dem Leid der Liebe,
Wurde thaubeglänzt ihr Auge,
Und es merkt's im Schatten Keiner,
Daß hinab des Mädchens Wangen
Heimlich manche Thräne rollte.
Um das ganze Wesen Gertrud's
Schwebte Duft und Glanz der Jugend;
Unbewußt der stillen Anmuth
Ihrer Haltung und Erscheinung
Hatte die bescheidne Knospe
In Natürlichkeit und Freiheit
Wunderlieblich sich erschlossen.
Schlank und kräftig war ihr Körper,
Rasch und rüstig die Bewegung
Bei der Arbeit wie beim Spiele
Und von angeborner Grazie
In des Tanzes lust'gem Reigen.

Wenn ihr rosig Mädchenantlitz,
Leicht gebräunt vom Kuß der Sonne,
Unter dicken blonden Flechten
So herzinnig, fröhlich lachte,
Daß die weißen Perlenreihen
Aus den vollen Lippen glänzten,
War's kein Wunder, daß so mancher
Von den jungen Meisterssöhnen
Nach dem Fischermädchen blickte.
Wulf, der tapfre Schmied, bemühte
Ganz besonders sich um Gertrud,
Aber seine tiefe Neigung
Fand im unbefangnen Sinne
Der Geliebten nicht Erwidrung.
Kindesunschuld, Weibesahnung
Blickten aus den blauen Augen,
Die mit ehrlichem Vertrauen
Heiter in das Leben strahlten.
Keiner Sehnsucht heiße Wünsche
Hatten noch im keuschen Busen
Dies Gemüth bisher gefangen,
Und wie eine Waldesquelle
Spiegelte es Welt und Menschen
In Gefühlen sorglos wieder,
Die voll Klarheit bis zum Grunde
Jeden Lichtstrahl aufzunehmen
Stets bereit und offen waren.
Um so tiefern Eindruck auf sie
Machte die Gestalt des Sängers;
Seine Augen, seine Lieder
Senkten ihr das zarte Körnlein
Stiller Liebe in die Seele;
Das schlug Wurzel, trieb und rankte
Blühend sich ums Herz der Jungfrau.

Wenn im Garten vor dem Hause
Sie des Vaters Netze flickte,
Summte sie die Melodien
Vor sich hin mit leiser Stimme,
Und des Fremden Bild und Wesen
Kam ihr nicht aus den Gedanken.
Eins von seinen Liedern hatte
Sich so tief ihr eingeprägt,
Daß sie es nach kurzem Suchen
Wort für Wort in dem Gedächtniß
Wiederfand, und unermüdlich
Sang sie's wieder nun und wieder.

Immer schaust du in die Ferne,
Wie die Wolken fliehn,
Wie am Himmel goldne Sterne.
Goldne Sterne
Ihre Bahnen ziehn.

Und die hohen Gipfel locken
Dich bergauf, bergab,
Knabe mit den braunen Locken,
Braunen Locken,
Nahmst den Wanderstab.

Hat ja nimmer dich gelitten
In des Vaters Haus,
Stürmtest fort mit raschen Schritten,
Raschen Schritten,
An dem Hut den Strauß.

Sprachst zu mir beim Händedrücken:
Kind, die Welt ist weit!
Und ich gab dir bis zur Brücken,
Bis zur Brücken
Weinend das Geleit

Rosen hab' ich dir gebrochen,
Wie der Dorn auch sticht,
Was beim Abschied du versprochen,
Du versprochen,
O vergiß es nicht!

Ach! verweht sind Wort und Lieder
Und verrauscht das Glück,
Brauner Knabe, kehrst du wieder,
Kehrst du wieder
An mein Herz zurück?

Hunold's scharfer Blick entdeckte
Bald, wie seine Macht und Gaben
Dieser Jungfrau Herz umstrickten;
Ihm auch in der Seele regte,
Wenn er Gertrud sah, sich etwas,
Was er sich noch nicht gestehen,
Nicht mit Namen nennen mochte,
Und was in den Einsamkeiten
Tag für Tag ihn doch nicht losließ,
Bis es in der Liebe Banden
Auch des Sängers Herz geschlagen.
Einmal als beim Letztenläuten
Sich der Kreis der Hörer trennte,
Stand er neben ihr und raunte:
„Wart' auf mich im dunklen Gärtchen!"
Purpurgluth stieg ihr in's Antlitz,
Und sie zitterte und bebte,
Eilte heim und — harrte seiner.
Hunold kam, kam jeden Abend
In des Fischers Geisblattlaube,
Wo ihn Arme hold umfingen
Und zwei frische, rothe Lippen
Selig auf den seinen glühten.

Spielmann, spielst ein böses Stücklein
Mit dem blonden Fischerkinde!
Gilt ein Menschenherz nicht mehr dir,
Als die Laute an der Seite,
Die du schlägst mit kund'gen Fingern,
Daß sie klingt, wie dir's gefalle?
Rührst du gleich den Lautensträngen
Auch des Herzens goldne Saiten,
Daß sie jubeln dann und jauchzen
In der Freude Uebermaße,
Leise singen, klagen, flüstern
Wie der Abendwind im Rohre,
Und zuletzt mit jähem Aufschrei
Schmerzzerrissen, todgetroffen
Von des Sängers Hand, zerspringen?
Spielmann! Spielmann! meinst du's ehrlich?
Knüpfst ein junges Menschenleben
An dein unstät wagend Schicksal,
Und im Volke geht die Sage,
Treue wohne nicht beim Sänger.
Mehr als andern Staubgebornen
Zwar ist ihm die Macht gegeben,
Weiberherzen zu bezwingen,
Und wie Töne aus den Saiten
Kann·er aus der Seele Tiefen
Liebe locken, Sehnsucht wecken;
Aber flüchtig wie die Klänge,
Kurz wie Worte ist sein Lieben,
Wie die Tonart, wie die Weisen
Aendern sich ihm Sinn und Wünsche,
Herz wie Laute sind ihm Spielwerk.
    Gertrud aber liebte Hunold,
Liebte mit der ganzen Kraft
Ihrer ersten heißen Liebe;

In der vollen Gluth der Sehnsucht,
Die mit jeder Morgenröthe
Ihr im Busen neu erwachte
Und am langen, langen Tage
Wuchs noch, bis die Nacht herabsank,
Gab sie dem geliebten Manne
Willenlos und ohne Schranken
Leib und Seele ganz zu eigen,
Wie die Blume, die der Sonne
Sich erschließen und mit Freuden
Duften muß dem Abendthaue.
Und wo war der stärkste Zauber?
War es der, der ihm vom Munde
In beredten, süßen Worten
Und in goldnen Liedern strömte?
Oder der, der aus den Augen
Ihm so glühend und so mächtig
Sich in ihre Seele drängte?
Ach! sie wußt' es nicht, sie fühlte
Nur ihr ganzes Herz erzittern,
Wußte nur, daß sie die Seine,
Er der Ihre; außer dieser
War ihr keine andre Welt.

An dem Abend nach dem Tage
Der Begegnung auf dem Basberg
Mit des Schultheiß stolzem Sohne
War er nicht in froher Stimmung;
War's der Groll noch auf den Steinmetz
Wegen des mißlung'nen Fanges,
Waren es die Vogelstimmen,
Oder weil die Zeit des Kampfes
Mit den Ratten näher rückte, —
Hunold war zerstreut und wortkarg.

„In drei Tagen ist es Vollmond,"
Sprach er endlich, doch es kam ihm
Etwas zögernd von den Lippen.
„Kann ich dir dabei nicht helfen?
Fragte Gertrud schnell und dringend,
Ich weiß auch Bescheid mit Ködern
Und mit allen Fängerlisten;
Glaube nur, die stummen Fische
Sind so klug und scheu im Wasser
Wie die Ratten auf dem Lande,
Und es heischt Geduld und Vorsicht,
Jenen Schlauen beizukommen.
Thier ist Thier, und was die Einen
In's Gedränge bringt, das liefert
Auch die Andern wohl ans Messer,
Auf die Lockung und die Fallen
Nur kommt's an, die dazu nöthig;
Doch du hast verborgne Mittel,
Die wir hier zu Land nicht kennen,
Und die sorglich du geheim hältst.
Weih' mich ein in deine Künste,
Will verschwiegen sie bewahren,
Und du brauchst mich nicht zum Eifer
Noch zu spornen, auf die Mäuse
Hab' ich selbst den größten Aerger,
Denn mir machen sie vor Andern
Müh' und Arbeit und zerfressen
Nacht für Nacht des Vaters Netze."
„Kind, entgegnete ihr Hunold,
Ich gebrauche keine Hülfe,
Die mir schädlich und dem Helfer
Selbst verderblich werden würde;
Ganz allein muß ich's bestehen,
Laß durch Nichts dich je verleiten,

In den erſten ſieben Nächten
Nach dem vollen Licht des Mondes
In der Stadt mir zu begegnen,
Steh' auch nicht am Zaun und horche,
Denn du wagteſt ſchier dein Leben;
Geh' in's Kämmerlein und leg' dich
Schlafen, doch für mich zu beten,
Liebchen, haſt du auch nicht nöthig."
Gertrud ſchauderte und ſchmiegte
Sich beklommen dicht an Hunold,
Ihn in übergroßer Liebe
Feſt umklammernd, als ob angſtvoll
Sie vor drohenden Gefahren
Ihn zu ſchützen ſucht' und bangte,
Den Geliebten zu verlieren.
„Nicht mal für dich beten, Hunold?
Hauchte ſie, o laß dich warnen,
Traue nicht den dunklen Mächten,
Die dich in den Abgrund ziehen,
Aus dem alle treue Liebe
Deiner Gertrud dich nicht rettet.
Thu' es mir zu Liebe, Hunold,
Und laß ab vom finſtern Treiben,
Biſt bewandert und erfahren
In ſo mancherlei Hantirung,
Ich bin auch gewöhnt an Arbeit,
Stark und flink in allen Dingen,
Laß uns ehrlich unſres Lebens
Brod und Unterhalt verdienen.
Iſt auch hier nicht unſres Bleibens,
Gerne folg' ich dir in's Weite,
Wohin unſres Schickſals Sterne
Uns in alle Wege führen;
Haſt ja meine ganze Liebe,

6*

Will im Tod dich nicht verlassen,
Für dich schaffen, für dich darben,
Aber laß sich nicht der Böse
Zwischen unsre Herzen drängen."
„Mädchen! liebes, holdes Mädchen!
Rief der Spielmann, was bedrückt dich?
Glaube doch an meine Liebe,
Die ich dir so oft geschworen!
Sieh, mein Wort gehört dem Rathe,
Und ich lös' es pünktlich, ohne
Mich dem Bösen zu verschreiben;
In mir selber wohnen Kräfte,
Die nicht Jedermann zu eigen,
Und, ein Erbtheil meines Stammes,
Manches thun, was Manchen wundert.
Hab's auch endlich satt, das Schweifen
Einsam, ruhlos in der Irre;
Du hast mich verwandelt, Gertrud,
Hast den Trotz mir in der Seele
Und den wilden Sinn bezwungen,
Deine Liebe ist wie Frühling
In den Busen mir gezogen,
Du nur wohnst in meinem Herzen,
Andres nicht als dich ersehn' ich.
Ist erst hier mein Werk vollendet,
Führ' ich in ein fernes Land dich,
Uns dort seßhaft anzusiedeln,
Daß du unsres Herdes Feuer
Mit getreuen Händen hütest.
Meine klingend reiche Löhnung,
Die ich mir vom Rath bedungen,
Giebt uns Zehrung auf der Reise,
Bis wir eine Stätte finden,
Wo wir uns das Nestlein bauen

Und in Lieb' und trautem Frieden
Glücklich unsre Tage fristen."
Und nun plauderte er lockend
Ihr vom Glück geheimer Liebe,
Schilderte in holden Farben
Ihres Bundes frohe Zukunft,
Daß sie aller Furcht vergessen
Seine Worte athmend lauschte.
Und je süßer er die Freuden
Ihrer Einsamkeit ihr malte,
Desto mehr dämpft' er die Stimme,
Bis zum leisen Liebesflüstern
Sie herabsank, das beseligt
Gertrud trank mit durst'gem Ohre.

Plötzlich raschelt' es am Zaune;
Gertrud fuhr empor erschrocken,
„Ruhig, Liebchen! eine Ratte,
Sagte Hunold, in zehn Tagen
Wird sie nicht mehr dich erschrecken."
In der Laube ward es stille.
Hinterm Zaune aber schlüpfte
Einer leise nach der Gasse
Und verschwand im tiefen Schatten.
Niemand, als der Mann im Monde
Sah ihn: es war Wulf der Schmied.

im Rathskeller.

Einmal, als mit seinen Lockern,
Seinem Netz und seiner Beute
Hunold heim vom Berge kehrte,
Sah er übern Tünderanger
Auf sich zu geraden Weges
Einsam einen Wandrer kommen.
Dieser hatte mit dem Hirten,
Der nun heimwärts trieb die Heerde,
Erst gesprochen und schritt langsam
Jetzt dem Vogeler entgegen,
Dessen Falkenauge prüfend
Bald des Raths gewitzten Schreiber
In dem Nahenden erkannte.

Ethelerus rief dem Spielmann
Einen Gruß zu, den ihm dieser
Auf das Höflichste zurückgab,
Und dann schritten sie ein Weilchen
Munter plaudernd mit einander.
Der Herr Secretarius lobte
Hunold's Fang, frug dies und jenes
Von der Kunst des Vogelstellens,
Doch ihm brannte augenscheinlich
Etwas Andres auf der Seele,
Worauf Hunold lauernd paßte,
Und nach manchem Umweg rückte
Auch der Schreiber sachte näher
Und begann, er habe so viel
Wunderbares über Hunold,
Ueber seine schönen Lieder,
Seine Klugheit und Erfahrung
Von den Leuten schon vernommen,
Daß es dringend ihn verlange,
Aus des Spielmanns eignem Munde
Ueber · sein vergangnes Leben
Noch ein Mehreres zu hören.
„Heute Abend nach der Weinglock,
Sprach er, kommt zum Herrenkeller
Unterm Rathhaus, wo ich freundlich
Euch zu einem Trunke lade;
Dort ein kleines Hinterstübchen
Weiß ich, wo uns Niemand höret,
Wenn wir nach dem Letztenläuten
Noch ein Kännlein Malvasier
Aus dem Mutterfasse zapfen.
Einen alten Freund noch bring' ich,
Einen Treuen mit zur Stelle,
Der Kanonikus im Stifte

Und kein Spielverderber, immer
Eine wahre Herzensfreude
Hat an lustigen Geschichten,
Altem Wein und neuen Liedern.
He? Ihr kommt doch, Singuf? bitt' Euch!'
Hunold blieb nichts Andres übrig,
Als in die gebotne Rechte,
Für die zugedachte Ehre
Dankbar, willig einzuschlagen,
Und so trennten sich die Beiden.

Nach den letzten Glockenschlägen
Ließ vorsichtig in der Herberg
Hunold eine kurze Spanne
Zeit verstreichen noch, bevor er
Nach dem Herrenkeller aufbrach.
An der Thür dort harrte seiner
Schon ein Stubenknecht und führte
Ihn durch tiefe Kellergänge
In's gewölbte, kleine Stübchen,
Das so traulich und behaglich
Wie ein Brautgemach im Hause
Und verschwiegen wie das Grab war;
Seine dicken Wände hatten
Keine Ohren, keine Augen,
Ohne Fenster, wie geschaffen
War's zu einer frohen Mette
Mit dem Kruge, mit dem Liebchen
Oder auch wohl zur Verschwörung.
Hunold fand den Rathstuhlschreiber
Ganz vergnügt mit Isfried Rhynperg,
Dem Kanonikus, schon sitzen
An dem derben Kreuzbeintische,
Der mit schönem Trinkgeschirre

Aus gebranntem Thon besetzt war.
Hohe Kannen, mächt'ge Humpen
Und der dickgebauchte Mischkrug,
Um den Wein sich zu verdünnen,
Standen da, und durch das Zimmer
Wallte Duft vom Traubensafte.
Ueberm Tische von der Decke
Hing ein ellenlanges Messer,
An der Spitz' ein ehern Glöcklein
Und ein Riemen an dem Stiele;
Daran ward zum Scherz gezogen,
Daß das Glöcklein mahnend tönte,
Wenn beim Wein der Gäste einer
Mit zu großem Messer aufschnitt
Und den Andern Märchen aufband.
Ethelerus' hagrer Körper
Mit den spitzen, scharfen Zügen
Und den röthlich blonden Haaren,
Dünn genug schon auf dem Scheitel,
Sah als wär's der halbe Schatten
Des Kanonikus, der rundlich,
Gut genährt vom Klosterfutter,
An dem Tische präsidirte.
Aber auf dem mächt'gen Körper
Saß auch ein gewalt'ger Schädel;
Ueber einer starken Nase
Wölbte sich gefurcht und knochig
Eine hohe Denkerstirne;
Aus dem vollen, rothen Antlitz
Sahn zwei große, helle Augen,
Und ein Doppelkinn hing stattlich
An der dicken Unterlippe,
Die gebogen und geschweift war,
Als ob durch den häuf'gen Ansatz

Nur des Bechers diese Ründung
Sich gebildet und geschliffen.

Froher Willkomm ward dem Spielmann,
Und nachdem gefüllt die Humpen,
Stieß der Schreiber an mit Hunold:
„Hoch! die Ratten sollen leben!"
„Sollen leben? — sollen sterben,
Mein' ich!" war des Spielmanns Antwort.
„Fangt mir nur nicht an mit Sterben!"
Warf mit einem kräft'gen Baße
Der Kanonikus dazwischen.
„Richtig! also dann die Weiber,
Kommt! die Weiber sollen leben!
Seid Ihr damit einverstanden?"
Rief des Rathes lust'ger Schreiber;
„Meinetwegen denn die Weiber!
Machen oft uns mehr zu schaffen,
Als die Ratten," lachte Hunold.
„Ja! doch soll es eins von beiden
Schon mal sein, so will ich lieber
Doch das jüngste Weibchen streicheln,
Als das Fell der ältsten Ratte,
Beißen können sie ja beide,"
Sprach der wackre Herr vom Stifte.
Hunold schwieg und blickte trinkend
In des Humpens tiefen Abgrund.
„Nun, wie schmeckt Euch der? frug Isfried,
Hm?! nicht wahr? ja seht, der liegt Euch
Manches Jährchen schon im Keller;
Eins erstaunt mich von dem Weine:
Daß er von den schlechten Reden,
Dem Gewäsche und Gezänke,
Das grad' über seinem Kopfe

Hier im Haus vom Rath verübt wird,
Nicht längst sauer schon geworden."
„Sagt doch, Singuf, wie gefällt Euch
Unsres Raths wohledle Weisheit?"
Forschte nebenher der Schreiber;
„Ja, mit Gunst! versetzte Hunold,
Als ich während Eurer Sitzung
Auf dem Gange draußen harrte,
Hört' ich drinnen laute Stimmen,
Als ob da ein heiß Scharmützel
Mannhaft ausgefochten würde,
Und ich dachte: mit der Eintracht
Scheint es nicht weit her im Rathe."
„Kann mir's denken, sprach der Stiftsherr,
Wart wohl wieder an der Ecke,
Wo der Knüppel liegt beim Hunde?"
„Freilich, lachte Ethelerus,
Kennst ja unsre tapfren Hähne,
Wie sie mit geschwollnen Kämmen
Auf einander kräh'n und hacken,
Und wenn nicht der Rechenmeister,
Unser Tausendgüldenkraut,
Jeden Pfennig dreimal umdreht',
Eh' er ihn dahin läßt springen,
Ging's nach flotter aus dem Vollen."
„Bist ein Knicker worden, Jakob,
Hast dein Schäfchen längst im Trocknen,
Und auf deine alten Tage
Fängst du auch noch an zu knausern;
Laßt eu'r Geld doch lustig rollen,
Wozu habt ihr's denn im Kasten?"
„Kasten! hat sich was im Kasten!
Der ist leer wie eure Kirche,
Wenn der Probst besteigt die Kanzel,

Was ja, Gott sei Dank! so selten
Kommt im lieben, langen Jahre,
Als wie unser Bürgermeister
Gruwelholt die Feder ansetzt."

„Hast du immer noch die Pike
Auf den Alten? brummt er? oder
Ist er freundlicher geworden?"

„Manchmal ist er gnädig, manchmal
Spielt er den gestrengen Meister
Und läßt dann nicht mit sich spaßen;
Mich mag er nun gar nicht leiden,
Weiß es wohl, doch Eines lob' ich
An dem Alten: mit den Zünften
Zu liebäugeln wie die Andern
Das verschmäht er fest und standhaft;
Denn dies freche Schurzfellpack
Ist' ne wetterwend'sche Sorte,
Jeder Schreihals in der Stube,
Wenn sie trinken, dünkt sich weise,
Denkt, er muß regieren helfen;
Bilden sich was ein aufs Handwerk
Und sind doch nur eitel Pfuscher,
Die sich zanken und beneiden
Wie die Hunde um den Knochen
Und nur einig sind im Schimpfen
Auf den Rath und die Geschlechter."
„Ja der Rath und die Geschlechter,
Höhnte der Kanonikus,
Sind nur selber selten einig,
Sind halb Fulda'sch und halb Mindisch,
Grad' wie eure Stadt getheilt ist,
Und in ihren Köpfen nistet
Eine Hoffart und ein Hochmuth,
Als wenn Jeder nur den Andern

Sucht' im Stolz zu übertrumpfen."
„Haft wohl Recht, sprach Ethelerus,
Wo Gelegenheit ich finde,
Tränk' ich's ihnen ein und schlage
Ihnen gar zu gern ein Schnippchen;
Singuf, eh' Ihr alle Ratten
Sammt den Mäusen eingefangen,
Könnt Ihr sie nicht erst noch alle
Ein paar Tage oder Nächte
Bei den Rathsherrn einquartieren?
Oder wenn Ihr in die Falle
Lockt die vielen Hunderttausend,
Ist es da nicht einzurichten,
Daß sie alle miteinander
Ihren Weg durch Bürgermeisters
Haus und Hof und Bette nehmen?"
„Welch' ein Christenwunsch! rief Isfried,
Läßt den Aerger deutlich merken,
Daß Regina dich verschmähte;
Hilft nun doch nichts mehr, Regina
Freit den Heribert des Schultheiß."
„Still doch, alte Kesselpauke!
Bat ich dich, das auszutrommeln?"
Grollt' erröthend Ethelerus
Und verbarg im Krug das Antlitz,
„Höret, Singuf, nicht auf Jenen,
Ich ersuch' Euch, hier beim Trunke,
Wie Ihr neulich mir versprochen,
Uns von Euren Wanderfahrten
Jetzt ein wenig zu erzählen,
Und wie Ihr hierher gekommen;
In der Sitzung oben spracht Ihr,
Daß Euch unbekannt die Eltern
Und in einer Alten Obhut

Ihr dann aufgewachsen wäret;
Laßt nun weiter von Euch hören."

Hunold füllte aus dem Mischkrug
Sich den Humpen, trank und sprach dann:
„Wo ich hergekommen, fragt Ihr?
Weiß ich's selbst doch kaum zu sagen;
Jene Alte, die mich aufzog,
Meine Großmutter vermuthlich,
Nahm mich Jungen manche Jahre
Auf ein unstät, rastlos Wandern.
Bettelnd zogen wir im Reiche
Hin und her stets, kleine Lieder
Mußt' ich zur Quinterne singen;
Kräuter suchte sie und Wurzeln,
Sagte wahr mit dunklen Sprüchen,
Heilte auch an Vieh und Menschen
Maledij und sonst Gebresten.
Dafür fanden wir ein Obdach
Wohl im Stalle bei dem Landvolk
Und manch schmalen, schlechten Bissen,
Doch zumeist war unser Lager
Hinterm Dorfzaun, und beim Hunger
Waren wir bekannte Gäste.
Vieles schnappt' ich ihr vom Munde,
Freie Künste, Vogelsprache
Und sonst kleine Heimlichkeiten.
Einstmals fuhren wir im Wasgau,
Und ein Fähnlein Knechte schwenkte
Just um eine Waldesecke
Auf uns zu, voran ein Ritter:
„Seht den Igel! seht die Eule!"
Rief der Eine, und sie lachten,
Doch die Alte warf den Kecken

Einen wilden Fluch entgegen.
„Spießt die Eule, und den Jungen
Nehmt mit auf die Burg! so hieß es,
Brauchen Einen für die Rüden!"
Einer von den Knechten rannte
Mit dem Spieß die Alte nieder,
Auf den Gaul hob mich ein andrer,
Und recht gutgemeinte Püffe
Sollten mein Geschrei betäuben.
Also kam ich auf die Dachsburg,
Mußte da die Bracken füttern,
Die bald meine besten Freunde,
Mußte mit hinaus zur Wildbahn,
Die verschoßnen Bolzen suchen,
Mich des Nachts auf Kundschaft legen
Und mit allerlei Hantirung
Knecht und Magd zu Diensten sein.
Da gab's Fehde vor der Dachsburg;
Angesteckt und ausgeräuchert
Ward das Nest nach heißem Sturme,
Unser Ritter ward gefangen
Mit den Frauen und den Knechten,
Die noch lebten, fortgeführt;
Ich erhielt mit einem Fußtritt
Meinen Laufpaß in das Weite.
Stets der Nase nach durch Franken
Lief ich fürbaß bis nach Bamberg,
Ward dort Troßbub bei dem Bischof.
Unterm Krummstab lebt sich's lustig;
War ein strammer Bursch geworden,
Wurde prächtig ausstaffiret
Wie ein Edelknecht und Page,
Durfte auf die Baize reiten
Mit der schönen Provençalin,

Die des Bischofs traute Freundin;
Oft mit ihr allein auch ritt ich,
Mußte ihr dann Lieder singen,
Mußt' ihr in den Sattel helfen
Und sie aus den Bügeln heben.
Als wir einst von langem Ritte
Und von vielem Liedersingen
Heimgekehrt zum stillen Schloßhof
Und ich sie vom Roß herabhob,
Schlang sie rasch um mich die Arme,
Küßte heiß mich auf den Mund.
Doch der Bischof sah's vom Fenster,
Andern Tags war ich entlassen."
   Ethelerus griff zum Riemen,
Der vom Messerstiel herabhing,
Und das Glöcklein tönte leise;
„Auf das Wohl der Provençalin!
Sprach er lachend, dieses Eine
Hatt' ich nur hier einzuschalten,
Kommt, stoßt an! und dann nur weiter!"
Hunold trank und fuhr dann fort:
„Keinem dritten Herrn noch dienst du,
Sagt' ich mir in trotz'gem Muthe,
Ward mein eigner Herr und Spielmann.
Drei Jahr hielt ich Wort und schweifte
Frank und frei durch alle Lande;
Bald am Meer, bald vor den Alpen,
Bald am Rhein, bald an der Donau
Sang ich meine lust'gen Lieder,
Hatte immer neue Kleider,
Freien Trunk und frohe Minne.
Eines durst'gen Tages klopfte
Ich an die verschloßne Pforte
Kloster Michelstein's im Harzwald,

Und da man nicht hurtig aufthat,
Fing ich draußen an zu singen.
Das verschaffte mir den Einlaß,
Herberg und die beste Pflege,
Und sieh da! ich blieb im Kloster,
Wurde Cantor, sang und spielte
Bald zur Litanei der Mette,
Bald zum Abendtrunk der Brüder.
Sang ich meine Liebeslieder,
Zwinkerten sich die Geschornen
Mit den Augen zu und stießen
Leis' sich mit den Ellenbogen,
Und der Abt gebot nicht Einhalt,
Wenn auch Mitternacht vorüber
Und der Bruder Kellermeister
Einen Bessern dann noch anstach.
Freiheit hatt' ich, wie ich wollte,
Bald im Wamms, bald in der Kutte
Ging ich aus und ein im Kloster,
Und besonders gerne legt' ich
Auf den Fang mich der beliebten,
Rothgesprenkelten Forellen,
Die im klaren Goldbach schwammen.
Unser Abt Ulricus trug mir
Auf geheime Botengänge,
Sandte mich mit manchem Brieflein
An die Pröbstin von Wendhusen!
Das im Thal liegt an der Bode.
Sie war jung und schön und lustig,
Und ich selber war viel jünger,
Als der Abt von Michelstein.
Und da kam's, daß ich allmälig
In Herrn Ulrich's warme Stelle
Bei der schönen Nonne rückte.

Damit meine Botengänge
Ohne Unterbrechung blieben,
Traf Luitgardis schlaue Fürsorg,
Hielt ihn mit latein'schen Brieflein
Hin, die schleunig Antwort heischten.
Langt' ich an zu später Stunde,
Durft' ich Nachts im Kloster bleiben
Und schlief nicht auf harter Steinbank."

Jetzt griff der Kanonikus
Nach der Schnur am großen Messer,
Und die Glocke klang vernehmlich;
Einen scharfen Blick warf Hunold
Auf den Stiftsherrn: „Nichts für ungut!
Lachte dieser, doch ich meine,
Müssen auch mal wieder trinken;
Bei dem fleißigen Erzählen
Wird Euch ja die Kehle trocken,
Wenn Ihr sie nicht mehr befeuchtet;
Also diesmal auf die Pröbstin!"
Wieder klapperten die Krüge
Dreimal aneinander, Isfried
Hielt in bodenlosem Zuge
Noch den seinen an den Lippen,
Als der Schreiber sprach: „Ich rath' Euch,
Nicht darauf zu warten, Singuf,
Bis der Stiftsherr ausgetrunken,
Und auch nicht es zu versuchen,
Mit ihm Strich zu halten, Keinen
Kenn' ich, der das je vermochte;
Doch ich bitt' Euch, fortzufahren."

„Endlich kam der Abt dahinter,
Nahm das Wort nun wieder Hunold,

Wie sein jüngster Laienbruder
Seine Gänge ausgerichtet,
Und verwettet schien mein Leben.
Burggraf und Gerichtsherr nämlich
Auf der Heimburg, nah dem Kloster,
War des Abtes ältrer Bruder;
Der ließ in den Thurm mich werfen
Und mit Holz und Eisen schließen.
Statt auf Kultern und Plumiten
Lag ich nun auf faulem Stroh.
Dein vergessen eine Weile
Werden sie nun, dacht' ich, oder
Du schaust bald durchs hanfne Fenster
Meister Seilers und verwünschte
Bald die Pfaffen, bald die Weiber,
Die die Einen wie die Andern
Nur des Teufels Bölze fiddern.
Als ich manche lange Woche
Hatt' in Stock und Pflock gelegen,
Daß ich kaum ein Glied noch fühlte,
Holten sie mich aus dem Loche,
Hießen mich das Land verschwören
Sieben Jahre und drei Tage
Auf fünf Tagreis' in die Runde,
Und nach harter Leibesstrafe,
Die ich zähneknirschend aushielt,
Stießen sie mich aus dem Burghof. —
Sollt's, Herr Isfried, Euch gelüsten
Wieder nach dem Klang des Messers,
So schaut her! ein Messer war es,
Was mir dies hier abgeschnitten."
Seine langen Haare streifte
Hunold rückwärts, und da sahn sie,
Daß das linke Ohr ihm fehlte.

7*

„Donner's Wetter!" schrie der Stiftsherr,
Und auch Ethelerus ruckte
Unwillkürlich mit dem Schemel,
Doch die Glocke rührte Keiner.
„Ja, wie Ihr jetzt Euch entsetzet,
Wich mir Mancher scheu zur Seite,
Bis das Haar mir lang gewachsen,
Das den Makel dann verdeckte,
Sagte Hunold; füllt den Krug mir,
Trinkt mit mir jetzt zum Beweise,
Daß Ihr mich drum nicht verachtet."
Und sie hoben auf und tranken.
„Wenn Ihr aber glauben solltet,
Fuhr er fort, daß mich die Strafe
Abgeschreckt von den Amouren,
Würdet Ihr gewaltig irren.
Künftig schlauer zu verfahren,
Nicht ertappen mich zu lassen,
Nahm ich mir als einz'ge Lehre
Aus der Schmach, und nach dem Grundsatz.
In der allergrößten Keckheit
Liegt die größte Sicherheit auch,
Wagte ich in meinem Leben
Auch das andre Ohr noch manchmal.
Eine schlanke Maid, der Liebe
Aus den Augen blitzt und schäkert,
Die sich freut, wenn sie geküßt wird,
Rund an Wangen, Brust und Schultern,
Daß man so den Arm recht voll hat —"
„Und zwei stramme Waden, Spielmann,
Nicht vergessen!" lachte Isfried, —
„Hol's der Kukuk! darauf trink ich —
Malvasier! du feurig süßer,
Recht an Frauenlieb' gemahnst du!"

Heftig stieß er mit dem Humpen
Auf den Tisch, und hoch ihn schwingend
Setzte er ihn an die Lippen.
„Halt! wir trinken mit! rief Jsfried,
Hoch die Weiber!" — „Doch versteht sich
Nur die schönen, sprach der Schreiber,
Die nicht spröde thun und schüchtern."
Aber Hunold trank den Humpen
Diesmal ohne abzusetzen,
Und die andern Beiden folgten.
Als die stattlichen Gefäße
Neu gefüllt, erzählt' er weiter:
„Um es endlich kurz zu machen,
Laßt nur dies Euch noch berichten.
An dem unvergeßlich heißen,
Blutigen Spätsommertage
Kämpfte ich im Lederkoller,
Dienstmann eines schwäb'schen Ritters,
Auf dem Marchfeld, wo sein Leben
Ottokar der Böhmenkönig
Für den Treubruch lassen mußte.
Meinen Sold erhielt ich pünktlich,
Und so theilt' ich denn auch ehrlich
Meine Streiche aus nach Kräften.
Von dem Heere nahm ich Urlaub,
Denn man wollt' ihn mir nicht geben,
Und zog wieder durch die Lande
Als ein freier, froher Spielmann.
Dann zu Augsburg auf dem Reichstag
War ich, wo der Kaiser Rudolf
Mit des Böhmenkönigs Ländern
Seine Söhne nun belehnte.
Auch dem großen Magdeburger
Pfingstspiel wohnt' ich bei, wo Speerkrach

Tönt' im Rennen; der Turnierdank
War ein schönes fahrend Fräulein,
Das ein alter Herr aus Goslar
Sich gewann und reich beschenkte.
Da gab's Lustbarkeit und Kurzweil,
Spielmanns Beutel klang und krachte,
Und die Kehle blieb nicht trocken.
Daher komm' ich nun und hörte
Von der großen Plage Hameln's.
Eingedenk der feinen Künste,
Die ich von der Alten lernte,
Schlug ich langsam von der Elbe,
Hier und dort nach Laune weilend,
Mich zur Weser, kam nach Hameln
Endlich, — und das Andre wißt Ihr."

Einen tiefen Zug that Hunold
Aus dem Krug, als er geendet.
„Singuf, sprach der Rathstuhlschreiber.
Eure Wanderschaft erinnert
Mich an manches heitre Stücklein,
Das wir zwei, ich und der Stiftsherr,
Die als fahrende Scholaren
Und Bacchanten auch vor Zeiten
Lustig durch das Reich gepilgert,
Ausgeführt; weißt du noch, Isfried,
Als wir auf dem Rennsteig zogen
Und nach Ohrdruf Mittags kamen,
Wo das Eselsfest man abhielt,
Und des Esels halben Schwanz du
Abschnittst und in's Rauchfaß warfest?"
„Und was thatest du, Geselle?
Laß uns lieber davon schweigen,
Sprach der Stiftsherr, mich verlangt es,

Aus dem liederfrohen Munde
Singuf's jetzt ein Lied zu hören;
Vorne, in dem Herrenzimmer
Hängt ja eine alte Laute,
Wird verstimmt zwar sein vom Alter,
Könnt sie doch einmal versuchen,
Hol' sie, Jacob! mittlerweile
Füllen wir uns frische Krüge."

Als der Schreiber mit der Laute
Wiederkehrte, nahm sie Hunold,
Klimperte darauf und stimmte,
Trank noch einmal und dann sang er:

Wenn der Stern überm Kirchthurm steht
   Mitten in der Nacht,
Weiß ich, wo der Weg hingeht
   Mitten in der Nacht.
Mägdlein, das wartet mein,
Wartet mein zum Stelldichein,
   Giebt mir in Kauf
Alle seine Lieb' und Huld,
Ach! du liebe Ungeduld!
   Sternlein zieh' auf!

Klingling! ans Fensterlein
   Ueberm Spalier,
Klettre wie die Katz hinein
   Uebers Spalier,
Und in meinem Sinn voraus
Mal' ich mir die Freude aus,
   Freuden zu Hauf,
Lös' ihr alle Zöpfelein,
Nestel' ihr alle Knöpfelein —
   Fensterlein auf!

Im Stübchen mit knapper Noth,
  Warm ist's und nett,
Herzt mich das Mädel halb todt,
  Warm ist's und nett.
Liebchen, sei gut und fromm,
Daß ich zu Athem komm'
  Und mich verschnauf',
Küß' nicht so laut, mit Gunst!
Weckst ja den Nachbar sunst,
  Mägdlein, hör' auf!

„Ha! das muß ich loben, Meister!"
Rief der Mönch, deß volles Antlitz,
Weil er seinen Malvasier
Immer weniger verdünnte
Und zuletzt ganz unvermischt trank,
Schon wie eine Rose glühte,
„Seht, mir lacht das Herz im Leibe,
Wenn ich so ein Liedlein höre;
Habt Ihr mehr noch? singt noch eines!"
„Zur Genüge! sprach der Sänger,
Also höret nun das nächste."

Wirth, hast du nicht ein volles Faß?
Das wollen wir heut anstechen,
Hier unter Bäumen auf grünem Gras
Giebt das ein lustig Zechen.
Der beste Trank, den Einer kennt,
Der wird der gute Wein genennt
  So hier, so da,
So dort, so allenthalben.

Wo hab' ich denn den Durst nur her?
Er steckt mir in der Kehle,

Und wenn das Trinken Sünde wär',
Bei meiner armen Seele!
Auf Erden ließ' ich's nimmer doch
Und tränk' auch in der Hölle noch,
   So hier, so da,
So dort, so allenthalben.

Komm, Pfäfflein, komm, du Reitersmann,
Du Waidmann und du Ferge,
Ihr Wegemüden, haltet an!
Hier rinnt ein Quell vom Berge;
Sitzt nieder auf dem grünen Plan,
Ersäuft den Wurm im hohlen Zahn
   So hier, so da,
So dort, so allenthalben.

Geh' nicht vorüber, Mägdelein,
Du fehlst noch in der Runde,
Es fällt in's Herz wie Sonnenschein
Ein Gruß von rothem Munde;
Komm, jeden Kuß, verschämt und still,
Mit Küssen ich dir vergelten will
   So hier, so da,
So dort, so allenthalben.

Ho! Spielmann, Spielmann, schnell herbei!
Woher, wohin die Pfade?
Hier lebt sich's lustig, fromm und frei,
Schau' an die Gottesgnade!
Rückt hin, Gesellen, seht! er winkt,
Er kommt, nun lacht und singt und trinkt
   So hier, so da,
So dort, so allenthalben.

„Spielmann, Pfäfflein, Heil euch beiden!“
Rief der Schreiber nun und schwenkte
Seinen Krug den zwei Gesellen;
„Und wo bleibst denn du? frug Isfried,
So ein Scribifax ist freilich
Nicht bei vollem Faß zu brauchen,
Als daß er am Hahnen sitze
Und den Andern fleißig zapfe.“
„Wenn du mittrinkst, sprach der Schreiber.
Dank' ich aber für den Posten!“
„Wenn und aber! lachte Isfried,
Wenn ein frisches Faß man ansticht,
Bin ich aber auch zur Stelle,
Und wenn du den Hahnen umdrehst,
Drehe aber ich den Krug um
   So hier, so da,
   So dort, so allenthalben!“
„Drei sind aller guten Dinge,
Singuf! meinte Ethelerus,
Also sing' uf nun das Dritte.“ —
Immer lust'ger ward die Weise,
Die der Spielmann präludirte;
Wie ein Liebchen hielt die Laute
Er im Arme, schlug den linken
Fuß auf's rechte Knie und lehnte
Weit zurück sich auf dem Schemel,
Sang in übermüth'ger Laune.

   Und habe ich gestern zu viel getrunken,
   So trinke ich heute noch mehr,
   Und bin ich gestern in's Bächlein gesunken,
   So stürz' ich mich heute in's Meer,
   Ihr Tropfen und Wellen, heraus und herein,
   Das Wasser sieht grün aus und gülden der Wein.

Ob unter dem Regen, ob unter der Traufe,
Lieb Brüderlein, haltet mich über die Taufe:
  Willekumm heiß' ich.

Hab' ich gestern zu tief in dein Auge gesehn,
Heut guck' ich erst recht mal hinein,
Wenn ich gestern nicht wußte, wie mir geschehn,
Heut weiß ich es: Schatz, ich bin dein!
Und wenn du nun denkst, daß du Nein sagen wirst,
Wenn ich komme und frage, so sag' ich: du irrst,
Du liebst mich ja schrecklich mit Zittern und Beben,
Gesteh' es doch, kannst ja nicht ohne mich leben,
  Willekumm bin ich.

Was soll nun draus werden? ich sollte mich bessern?
Ach! Liebchen, ich bin doch so gut!
Bei niedlichen Mädchen und neidlichen Fässern
Wächst mir wie ein Riese der Muth,
Ich wanke nicht, schwanke nicht, fühl' auch kein' Reu,
Ich glaube wahrhaftig, ich bleibe dir treu
Und thue vielleicht auch, laß mir nur Muße,
In deinen Armen zerknirscht einmal Buße,
  Willekumm bleib' ich.

Und wenn einmal nichts mehr zu haben ist,
Kein Bissen, kein Kuß und kein Trunk,
Wenn der Todtengräber begraben ist,
So thu' ich den letzten Sprung;
Und kommt dann der Tod um die Ecke herum
Und wackelt und fiedelt Hop=Heidideldum!
So sag' ich: Gevatter, ich komme schon eben,
Aber hübsch war es doch, Gevatter, das Leben!
  Willekumm! sag ich.

„Hop=Heidideldum! Hop=Heiwillekumm!
Gestern in's Bächlein, morgen in's Meer,
Was soll nun draus werden heraus und herein?
Gevatter sieht grün aus und gülden der Wein,
Hop=Heidideldum! Hop=Heiwillekumm!"
So sang Isfried, sprang und tanzte,
Hob so hoch empor die Knie,
Wie's der dicke Bauch erlaubte,
Nahm das ellenlange Messer
Aus dem Bügel, dran es schwebte,
Strich damit als Fiedelbogen
Auf dem großen, leeren Mischkrug
Und sang hopsend immer wieder:
Hop=Heidideldum! Hop=Heiwillekumm!
Jacob Ethelerus stimmte
Auch mit ein, und Hunold lachte,
Daß er sich mit seinen Händen
Beide Seiten halten mußte.

Als die beiden tapfern Zecher,
Ethelerus und der Stiftsherr,
Erst mal Blut geleckt mit Singen,
Hielten sie nicht länger an sich,
Und der Schreiber sprach: „Jetzt, Isfried,
Laß uns unsre alte Mette,
Die wir als Schnarenzer sangen,
Auch einmal zum Besten geben."
Und mit fürchterlichen Stimmen,
Daß es in der Wölbung dröhnte,
Sangen sie das Lied und schlugen
Mit den Krügen auf dem Tische
Auch den Takt, daß die Begleitung
Hunold's, die er auf der Laute
Balde fand, ganz übertönt ward.

Durch die Welt mit Sang und Klang
Ziehen wir in Schaaren
Kreuz und quer auf guten Fang,
Fahrende Scholaren,
Wittern das Vergrabne gleich
Wie den Fuchs die Meute,
Sind im ganzen Röm'schen Reich
Bestbeschrie'ne Leute.
    Rillus Rallus
    Prillus Prallus
    Hier herein und da hinaus,
    Schlagt dem Faß den Boden aus!

Weh! für uns im Rauche hängt
Nichts zu hoch beim Bauern,
Und wo sich ein Marder zwängt
Durch Stakett und Mauern,
Bohren wir uns auch durchs Fach
Tags und Nachts um zwölfe
Wie der Blitz durchs Scheunendach,
Hungrig wie die Wölfe.
    Rillus Rallus
    Prillus Prallus
    Hier herein und da hinaus,
    Schlagt dem Faß den Boden aus!

Zahn und Klinge sind gewetzt,
Ausgepicht die Kehlen,
Wo wir uns mal festgesetzt,
Fängt's bald an zu fehlen.
Erst das Huhn und dann das Ei
Oder umgekehret,
Uns ist Alles einerlei,
Wie's der Herr bescheeret.

Rillus Rallus
Prillus Prallus
Hier herein und da hinaus,
Schlagt dem Faß den Boden aus!

Die in Seide, die in Flachs,
Hold sind uns die Dirnen,
Unsre Herzen sind von Wachs,
Ehern unsre Stirnen.
Statt daß wir am Rosenkranz
Paternoster plappern,
Springen wir im Ridewanz,
Und die Würfel klappern.
　　Rillus Rallus
　　Prillus Prallus
　　Hier herein und da hinaus,
　　Schlagt dem Faß den Boden aus!

Fürchten Tod und Teufel nit,
Wissen ihn zu bannen,
Fahrender Schüler Schritt und Tritt
Führt zu Krug und Kannen.
Wir sind geistlich, fromme Kind,
Arme, tumbe Knaben,
Wenn wir erst mal Bischof sind,
Woll'n wir's besser haben.
　　Rillus Rallus
　　Prillus Prallus
　　Hier herein und da hinaus,
　　Schlagt dem Faß den Boden aus!

Jetzo mit verschlafner Miene
Trat der Stubenknecht in's Zimmer:
„Mit Verlaub, Herr Secretarius,

Sprach er, habt mir anbefohlen,
Euch zu melden, wenn des Tages
Zweite Stunde sei verronnen."
„Danke, Adam! sprach der Schreiber.
Isfried, auf! du mußt in's Kloster,
Daß du mir die erste Hora
Nicht versäumst, nicht wahr, darüber
Wärest du gewiß untröstlich?"
„Rillus Rallus!" sagte Isfried.

„Kannst du dich allein wohl finden?
Oder soll der Adam mitgehn?"
„Prillus Prallus! Adam mitgehn,"
Lallte Isfried. „Nun so bring' ihn
Gut nach Haus, laß ihn nicht fallen,"
Sprach zum Stubenknecht der Schreiber
Dessen so gelenke Zunge
Auch ein wenig schwer geworden,
Ob er schon zu seinem Weine
Aus dem Muschkendlin mehr Wasser,
Als die Andern sich gegossen.
Von den Dreien auf den Füßen
Stand am sichersten der Spielmann,
Und zu diesem sprach der Schreiber:
„Singuf, nicht zum letzten Male
Haben wir uns heut gesehen,
Danke Euch, daß Ihr gekommen,
Und wenn Ihr im Rathe oben
Einen Freund gebraucht und Helfer,
Denkt an mich, ich kann Euch nützen."
Also trennten sich die Zecher;
Ethelerus eilte; Hunold
Warf noch einen Blick zum Monde:
„Also übermorgen!" sprach er
Und schritt langsam dann zur Herberg.

Arm in Arm mit Adam schwankte
Der Kanonikus von dannen,
Und vergnüglich summt' und brummt' er:
„Hier herein und da hinaus,
Schlagt dem Faß den Boden aus!"

Vollmond.

IX.

Still die Gassen, alle Fenster
Dunkel, Schlaf und Frieden breiten
Ihre Fitt'ge über Hameln.
Keine Leuchte schimmert trübe
Von dem Schreibtisch eines Denkers,
Der die Nacht zum Tage machte
Bei gerollten Pergamenten;
Auch nicht Hammer oder Säge
Tönt aus eines Schreiners Werkstatt,
Der das eiligste der Stücke,
Eines Menschen letzte Wohnung,
Ueber Nacht zu zimmern hätte;
Müdigkeit und Ruhe senkten
Jedes Augenlid in Schlummer.
Hoch nur über allen Häusern
Aus des Thurmes Glockenstübchen
Scheint ein matter Lampendämmer,
Wo der Thürmer einsam wachet,
Um bei Brand und Ungewitter
Mit dem Hilferuf der Glocke
Rath und Bürger aufzustürmen.
Schlägt die Uhr die volle Stunde,

Schiebt er auf die kleine Luke,
Und nach jeder Himmelsrichtung
Stößt in's Wächterhorn er einmal
Und ruft seinen Gruß hernieder.

Ueberm Basberg steht der Vollmond,
Aber schnelle Wolken ziehen,
Windgetriebne weiße Segel,
Fratzenköpfe, Ungethüme,
Urweltleiber, Riesenvögel;
Drohend ballt sich's jetzt zusammen,
Flattert in zerriffnen Fetzen
Jetzt gespenstisch rasch vorüber
Vor des Mondes heller Scheibe.
Bald in Finsterniß gehüllet
Schwindet alles Bild dem Auge,
Bald ist klares Licht ergoffen
Weithin über alle Dächer,
Drauf die Wolkenschatten tanzen.
Um die Ecke pfeift der Wind,
Und auf manchem Giebel knarret
Eine rost'ge Wetterfahne.
Die gestützten Wasserspeier
Recken ihre Drachenköpfe
Weit vom Stockwerk in die Gasse.
In des Lichtes schnellem Wandel
Scheint's, als ob sie augenblicklich
Größer und lebendig würden;
Züngelt' dort der schwarze Wurm nicht?
Hebt den Schlangenleib und krümmt sich?
Sträubt den Kamm und sperrt den Rachen?
Doch schon finster ist es wieder.

Auf dem Markt im vollen Licht jetzt
Regungslos steht wie ein Steinbild
Hunold mit verschränkten Armen,
Schaut zum Mond empor und murmelt:
„Alter Freund und Fahrtgeselle,
Laß mich heute nicht im Stiche,
Hilf mir mit den Zauberkräften,
Die in deinem Lichte wohnen,
Wenn dein Zirkel sich vollendet.
Kamst mir manchmal ungelegen,
Wenn∙ mit gelbem Neiderblicke
Du mir auf die Wege paßtest;
Hast mir aber auch schon manchmal
Deine Geisterhand gereichet
Und mich keck vollbringen lassen,
Was ich ohne dich nicht wagte.
Diesmal gilt es wieder, Alter!
Bei der Schöpfung ew'gem Fluche,
Der als Knecht und Leibtrabanten
An die Erde dich geschmiedet,
Daß du in dem Weltentollhaus
Mußt in immer gleichem Ringe
Dich um unser Elend drehen, —
Mond, beschwör' ich dich zur Stunde:
Steh' mir bei zu meinem Werke!
Gieß' dein Licht auf meinen Scheitel,
Hüll' in deinen kalten, feuchten
Glast und Schimmer meinen Körper,
Daß ich in dem Zaubermantel
Deines Scheines steh' und gehe,
Und wie du zu dir emporziehst
Wassertropfen, Wiesennebel,
Blumenathem, Weiberthränen,
Also laß auch mich heranziehn

Alles, was ich will und wünsche,
Was ich rufe, was ich denke,
Was mein wagend Herz gelüstet." —
Röthlich blitzt' es auf am Himmel,
Und ein Funke fuhr im Bogen
Grad' vor Hunold's Augen nieder.
Schnäuzte sich ein Stern dort oben?
Oder war's ein Feuertropfen,
Ausgespie'n aus Mondeskrater?
Mitternacht schlug es am Thurme,
Und der Wächtergruß ertönte:

    Bewahr' uns, Herr, zu dieser Stund
    Vor aller bösen Geister Bund,
    Und schütze uns, Herr Jesu Christ,
    Vor Höllenzwang und Teufelslist,
    Nimm von uns unsrer Sünden Schuld,
    O heilger Geist, durch deine Huld,
    Barmherz'ger Gott, mit deinen Händen
    Woll' von der Stadt all Unheil wenden

Jetzt ein Pfiff, ein langgedehnter,
Gellend, Mark und Bein erschütternd.
Aus der Pfeife Hunold's kam er,
Ging in eine tolle Weise
Dann mit keckem Aufschwung über,
Und es lockte, jauchzte, schrillte,
Daß es durch die öden Gassen
Schauerlich und spukhaft tönte.
Selbst der Wind mit seinem Sausen
Hielt den Athem an erschrocken,
Setzte dann als Unterstimme
Zur Begleitung ein im Takte.
Hunold schritt nun langsam vorwärts,

Spielte auf der Rohrschalmeie
Seine wilde Rattenfuge,
Und dann setzt' er ab und sang:

Mäuschen! Mäuschen!
Die ihr nun nächtig
Still und bedächtig,
Warm und behäglich,
Fromm und verträglich
Hocket im Nest,
Die ihr zum Knochen
Hungrig gekrochen
Oder beim Schmause
Wohl in der Klause
Feiert ein Fest,
Die ihr auf Schränken,
Tischen und Bänken,
In den Gemächern
Und auf den Dächern
Trippelnd euch jagt,
Die ihr da kraspelt,
Feilet und raspelt,
Pispert und puspert,
Knistert und knuspert,
Scharret und nagt,
Spitzet das Oehrchen,
Schärft das Gehörchen,
Glättet eu'r Fellchen,
Bringt eu'r Gesellchen
Mit aus dem Haus;
Ringelt die Schwänzchen
Lustig zum Tänzchen,
Mit meinem Spiele
Lock' ich zum Ziele

Mäusrig und Maus.
Kuchen und Krümel
Streu' ich wie Blümel
Ohn' Unterlassen
Hin auf die Gassen
Reichlich und dicht;
Zucker zum Naschen
Hab' ich in Taschen.
Speck auch gebraten
Wird sich verrathen,
Riecht ihr ihn nicht?
Tummelt euch, Mäuschen!
Niedliche Mäuschen!
Kommet hervor!
Mäuschen hervor!
Hervor! hervor!

Wieder nahm er nun die Pfeife,
Blies und trillerte und lockte.
Immer kecker ward die Weise,
Immer dringender die Töne,
Schnelle Läufe, wirre Sprünge,
Bald ein Winseln, bald ein Schmettern,
Dann ein Flehen, dann ein Drohen
Klangen aus dem Zauberrohre.
Und sieh da! es kommt geschlichen,
Scheu und furchtsam, ängstlich prüfend
Wagt sich's näher, stutzt dann wieder,
Hüpft und schlüpft und zuckt und duckt sich,
Huscht dahin, daher im Dämmer.
Mäuse sind's, wie graue Punkte,
Blitzschnell, schattenhaft und lautlos
Gleiten sie da hin und wieder.
Von den Brosam, die gestreut sind,

Nascht die Eine und die Andre,
Fährt dann wieder in den Winkel,
Kommt zurück und frißt und folget
Dreister schon in der Gesellschaft.
Hunold aber bläst sein Stücklein,
Und mit jedem seiner Schritte
Wächst die Schaar auf seinen Spuren.
Statt der Pfeife läßt er wieder
Seine Stimme jetzt erschallen:

Ratten im Rattenloch, horchet dem Sang,
Höret der Pfeife bestrickenden Klang,
   Hurtig zu Haufen
   Kommet gelaufen,
Rappelt euch auf aus dem dunklen Verließ,
Schnuppert und schnüffelt im schlammigen Fließ,
   Schwänze, die grauen,
   Haarigen, rauhen
Rischeln und rascheln im Kies.

Hier in dem Mondschein sich's wonnig ergeht,
Lustig der Wind um den Rüssel euch weht,
   Still und verlassen
   Ruhen die Gassen,
Muntere Mäuschen nur sind auf dem Platz,
Fürchten nicht Falle, nicht Kralle und Katz,
   Spielen im Dunkeln,
   Aeugelein funkeln,
Huida! die fröhliche Hatz!

Habt ihr den Wanst durch die Spalte gequetscht,
Findet ihr Fraß, daß die Zähne ihr fletscht,
   Schmatzet und schmecket,
   Schnauzbart gelecket,

Holter die Polter Straß' auf und Straß' ab
Folget Kopf über, Kopf unter im Trab,
  Reicht euch die Tatzen,
  Tanzende Ratzen,
  Ratten herauf und herab!

  Jetzt hervor aus allen Ecken
  Kommt's heran gesetzt, gestoben;
  Aus den Häusern kommt's und Höfen,
  Den entlegensten der Gäßchen,
  Zwängt hervor sich unter Thüren,
  Aus dem Rinnstein kommt's gefahren,
  Von den Dächern kommt's gesprungen,
  Patscht und plätschert in den Pfützen,
  Hopst und trapst und quieckt und rasselt,
  Jagt sich, hetzt sich, drängt sich vorwärts.
  Immer mehr in hellen Haufen,
  Immer mehr, immer mehr,
  Es woget und wirbelt
  Und kribbelt und krabbelt,
  Unendliche Schwärme
  Wirr durcheinander
  Wie Sand am Meere,
  Vom Winde getrieben,
  Ratten, Ratten,
  Zahllose, gierige,
  Wüste Geschwader,
  Tausende vor ihm,
  Tausende hinter ihm,
  Zur Rechten, zur Linken,
  Ueberall, überall.
  Dazwischen der Mäuse
  Wimmelnde Schaaren
  Zirpend und ruckfend,

Tänzelnd und schwänzelnd,
Sich überstürzend,
Und Hunold mitten,
Mitten dazwischen
Im wilden Getümmel
Flötend und pfeifend
Die zaubrische Weise.
Kaum kann er schreiten,
Unter den Füßen
Wird's ihm lebendig,
Springt an ihm hoch,
Klettert empor
An Beinen und Armen
Dem trotzigen Manne,
Schlüpft ihm in's Wamms,
Um Schultern und Kappe;
Schütteln muß er
Heftig die Glieder,
Abzuwehren die
Unholden Gäste.
Ihm perlet die Stirne,
Doch unerschrocken
Blasend mit Macht
Wandelt er fürbaß,
Mit ihm die ganze
Grausige Hetze.

Endlich sieht er nahe blinken
Schon der Weser hellen Spiegel,
Athmet auf, und seine Schritte
Nun verdoppelnd eilt er vorwärts.
Schwellend zwischen seinen Ufern
Rollt der breite Strom zum Meere,
Und des Mondes Strahlen glitzern

In dem windbewegten Waſſer,
Schlagen auf den dunklen Wellen
Einen goldnen Steg hinüber.
Hunold bleibt am Ufer ſtehen,
Und mit einem letzten Jauchzer
Klinget aus der Pfeife Tönen,
Daß ein Echo von den Bergen
Geiſterhaft herüber ſpottet.
Jetzt noch einmal ſingt er wieder:

Nun Mäuſe und Ratten,
Ob alt oder jung,
Hervor aus dem Schatten,
Jetzt gilt es den Sprung;
Es blinket und winket
Die ſpiegelnde Fluth,
Ertrinket, verſinket,
Verteufelte Brut!

Da lauert die Tücke
In goldner Geſtalt,
Euch zieht auf die Brücke
Des Zaubers Gewalt.
Es heißet und gleißet
Das Mondlicht ſo roth
Und reißet und ſchmeißet
Euch All' in den Tod.

Hinunter, Geziefer,
Verrathen, verflucht,
Nun tiefer und tiefer
Zu ſchwimmen verſucht,
Nun krauchet und tauchet
In Strudel und Graus
Und hauchet und fauchet
Die Seele euch aus!

Da hinein mit tollen Sätzen
Stürzt sich's in der Weser Fluthen,
Sinnbethöret wälzt und drängt sich's
In den Tod, in's kalte Wasser.
Uebermächtig wirkt der Zauber,
Alle Ratten, alle Mäuse,
All die ungezählten Tausend
Rennen, schieben, poltern, schießen
In ihr eigenes Verderben,
Keine Einzige von Allen
Bleibt am sicheren Gestade.
Und im Wasser giebt's ein Schäumen
Und ein Quirlen und ein Brodeln,
Rauschend, zischend spritzt und sprudelt
Es im zappelnden Gewirre.
Aus der Tiefe aufgestiegen
Kommt die schupp'ge Brut der Lachse,
Und nun geht es an ein Kämpfen
Zahn um Zahn und Aug' um Auge;
Breite Schwänze, spitze Schwänze,
Bald von Ratten, bald von Lachsen
Ringeln, schlagen aus den Wellen,
Denn es ringt auf Tod und Leben
Wasserraubthier, Landbewohner,
Wuth und Gier auf beiden Seiten.
Höhnisch lächelnd steht am Ufer
Hunold, nimmt hervor die Pfeife,
Bläst zum bittern Todeskampfe
Ein frohlockendes Halali. —
Endlich ist es still geworden,
Hie und da nur glänzt die Flosse,
Taucht der Kopf mit offnem Rachen
Eines Lachses aus dem Wasser.
Ruhig wallt der Fluß die Straße,

Auch der Wind ist eingeschlafen,
Und des Mondes volles Antlitz
Schaut herab in stillem Frieden.
Hunold wischt sich von der Stirne
Kalten Schweiß und wandelt heimwärts.
Als er nahe seiner Herberg,
Schlägt es Eins am Glockenthurme,
Und es ruft der treue Wächter:

Gelobet sei in Ewigkeit,
Herr Gott, von aller Christenheit,
Laß uns in deiner Gnade ruhn
Und unsern Feinden Gutes thun,
Und laß uns jede Kreatur
Als wie dein Kind erachten nur,
Begleite uns mit deinem Segen
Auf hellen und auf dunklen Wegen.

Die letzte Ratte

Sieben helle Nächte währte
Hunold's Treiben, Hunold's Zauber;
Pfeifend durch die öden Gaffen
Schritt er bei des Mondes Lichte,
Stets gefolgt von grauen Schaaren.
Sieben Nächte mußt' es dauern,
Sonst war nicht erfüllt der Zauber;
Doch mit jeder Nacht geringer
Ward die Zahl der Langgeschwänzten,
Bald nicht mehr zu singen braucht' er,
Die Schalmeie schon genügte.
In der siebenten der Nächte
Folgte ihm nur eine einz'ge
Alte, blinde Rattenmutter,

Watschelte behutsam spürend
Hinter ihm den Weg des Todes.
Doch auch nicht der letzten Ratte
Wollte er ihr Recht verkümmern
Und floitirte wie den andern
Trügerisch ihr vor das Grablied.
Nah am Thor, das sieben Nächte
Blieb für ihn allein geöffnet,
Hielt er an und sprach gewendet
Zu der Ratte: „Alte Bestie!
Wird dir sauer wohl zu folgen,
Kannst nicht hopsen mehr und springen
Und mir auf die Schultern steigen;
Gerne schenkt' ich dir das Leben,
Wirst nicht mehr die Stadt bevölkern,
Und wer weiß, wie viele Tausend
Deiner Sippe grader Linie,
Deiner Kinder Kindeskinder
Diesen Weg mit mir gewandelt,
Der in kalten Fluthen endigt.
Leben darf ich dich nicht lassen,
Aber komm, ich mach's bequem dir,
Laß dich greifen! will dich tragen,
Sanft dich in die Arme nehmen —"
„In die Arme! so ist's richtig!
Erst die Mädchen, dann die Ratten,
Und verführt sind und verloren
Beide dann in deinen Armen!" —
Aus dem Schatten eines Hauses
Trat ein Mann, der scharf und höhnend
Diese Worte Hunold zuwarf.
„Wer darf wagen, rief der Spielmann,
Sich mir in den Weg zu stellen?!
Hab' ich doch beim Rath bedungen,

Daß mir keine Menschenseele
Auf der Gasse darf begegnen,
Wenn ich Nachts mein Handwerk treibe."
  „Hast dir auch beim Rath bedungen,
Fischers Gertrud zu betrügen,
Geigenbuckler, Hexenmeister?"
Hunold's Rechte fuhr zum Dolche;
Nach des Unbekannten Kehle
Führte er den Stoß, doch seitwärts
Wich der Andre, und die Klinge
Traf nur ritzend seine Wange.
Er entfloh, doch Hunold wüthend
Spießte schnell die alte Ratte,
Und mit einem grimmen Fluche
Schleudert' er sie nach dem Gegner.

Andern Morgens stand am Amboß
Wulf der Schmied, in seinem Antlitz
Eine blutig rothe Schmarre.
Keuchend schnob und pfiff der Blasbalg
In ein lustig prasselnd Feuer;
Aber Wulf mit trotz'gem Muthe
Schwang den Hammer, seine Schläge
Donnerten so wild und wuchtig,
Als ob er den Todfeind selber
Statt des Eisens auf dem Amboß
Liegen hätte, und er sang:

Mit Gunst zum Ersten! Eisen in Noth,
Füge dich, krümme dich meinem Gebot,
Biege dich, schmiege dich, Eisen so roth!
Unter dem Pfluge als stählerne Hand
Brich die Scholle mir wacker,
Rode die Wurzeln, zieh Furchen im Land,
Stürze den dampfenden Acker.

Sause, brause, Wind in Flammen,
Eisen glühe, Funken sprühe,
Hammer, Hammer, schmeiß zusammen!
   Schmied, schlage hierher!

Mit Gunst zum Zweiten! Eisen in Noth,
Füge dich, krümme dich meinem Gebot,
Biege dich, schmiege dich, Eisen so roth!
Sollst einem Roß an den klingenden Huf,
Daß es den Reiter in Wettern
Trage dahin, wenn des Heerhorns Ruf
Bläst zum Sturme mit Schmettern.
Sause, brause, Wind in Flammen,
Eisen glühe, Funken sprühe,
Hammer, Hammer, schmeiß zusammen!
   Schmied, schlage hierher!

Mit Gunst zum Dritten! Eisen in Noth,
Füge dich, krümme dich meinem Gebot,
Biege dich, schmiege dich, Eisen so roth!
Werde zur Spitze an Lanze und Speer,
Fordre den Feind in die Schranken,
Schlage ihm Wunden, blutig und schwer,
Ohne im Sattel zu wanken.
Sause, brause, Wind in Flammen,
Eisen glühe, Funken sprühe,
Hammer, Hammer, schmeiß zusammen!
   Schmied, schlage hierher!

Mit Gunst zum Letzten! Eisen in Noth,
Füge dich, krümme dich meinem Gebot,
Biege dich, schmiege dich, Eisen so roth!
Lege dich fest um mein jammerndes Herz

Und umpanzre sein Klopfen,
Drück es in Stücken, gefühlloses Erz,
Laß nicht heraus einen Tropfen.
Sause, brause, Wind in Flammen,
Eisen glühe, Funken sprühe,
Hammer, Hammer, schmeiß zusammen!
　　Schmied, schlage hierher!

Die Zürefte.

XI

Eingeschloffen in den Häusern
Auf Befehl gestrengen Rathes
Waren für die sieben Nächte
Hameln's sämmtliche Bewohner.
  Aber war es auch verboten,
Thür und Fenster nur zu öffnen,
In den Zimmern Licht zu haben,
Oder selbst Geräusch zu machen, —
Auch die Ohren zu verstopfen,
Konnte doch den guten Leuten
Nicht vom Rath befohlen werden;
Folglich hörten sie allnächtig
Jene fremden Sangesweisen,
Und die angeborne Neugier,

Stärker noch als Furcht und Grauen,
Trieb wohl manche Evastochter
An das kleine dunkle Fenster.
Doch zu kostbar noch den Meisten
War durchsichtig Glas, man half sich
Mit Papier, in Oel getränket,
Oder dünngeschabtem Horne
Und Marienglas, das spärlich
Licht wohl in die Räume einließ,
Doch den Blick nach außen hemmte.
Dennoch ward es balde ruchbar,
Was der Rath für Absicht hatte
Mit dem fraglichen Verbote,
Und vor Ablauf noch der Sperre
Kam der Handel mit dem Spielmann
Punkt für Punkt und ausgeschmückt noch
Mit manch fabelhaftem Zusatz,
Nur zu gern geglaubt, zu Tage.
Erst geflüstert ging die Kunde
Heimlich um, dann laut und lauter
Ward gekrittelt und gescholten
Auf das nur zu sattelfeste
Regiment der Stadtgeschlechter.
„Hundert Mark! ist es zu glauben?
Hundert Mark in gutem Silber
Einem hergelauf'nen Fremden,
Fahrenden und Rattenfänger!
Haben sie's so dick da oben,
Daß sie es mit vollen Händen
Sinnlos auf die Gasse werfen?
Und die Schosse und Gefälle
Wachsen doch mit jedem Jahre, —
Ist 'ne Wirthschaft auf dem Rathhaus!
Müssen doch mal revidiren,

Ob sie voll, ob leer die Kasten,
Und der Vierundzwanz'ger Umstand
Hielt wohl lange keine Sitzung;
Steneken, der Rechenmeister,
Läßt nicht gerne Zahlen sehen,
Und Henricus Hogeherte
Ist zu lange schon im Amte,
Fühlt sich gar zu groß und sicher,
Schatzt und plündert uns den Beutel,
Doch er selbst lebt wie ein Reichsfürst:
Und nun gar der Bürgermeister
Denkt wohl auch, er sei der Kaiser,
Seit die Ebersteiner Grafen
Die Vogtei nicht mehr verwalten;
Mit dem Schwalenberger scheint er
Sehr auf gutem Fuß zu stehen,
Der kehrt immer ein beim Alten,
Und wenn er dann wieder reitet,
Ist ein Lächeln das und Nicken
Und ein ewig Händeschütteln, —
Möchten wissen, ob der Handdruck
Nicht vergoldet ist zuweilen."

Also klang es auf den Gassen
Und im Krug und in der Werkstatt,
Und daheim bei seiner Hausfrau
Nahm kein Blatt vorn Mund der Meister.
„Die paar Mäuse, meint er unwirsch,
Waren auch wohl so zu kriegen,
Ohne daß ein Abenteurich
Uns den Beutel leichter machte."
    „Die paar Mäuse! so! du merkst nicht,
Was uns die paar Mäuse kosten,
's ist ein Glück, daß uns der Fremde

Von dem Ungeziefer frei macht;
Kleinigkeit die hundert Mark
Gegen all den großen Schaden,
Den uns die paar Mäuse stiften,
Die ihr selbst doch nicht für tausend,
Nicht für zehnmal tausend wegfangt!"
Hielt so Widerpart die Meisterin,
Sprach noch mehr gereizt der Meister:
"Ja natürlich! du vertheidigst
Noch den unverschämten Herrich,
Hat er doch euch losen Weibern
Mit dem übermüth'gen Singen
Schon den Kopf verdreht, daß alle
Ihr ihm nachlauft, wenn er aufspielt.
Wär' er mit des Königs Frieden
Nicht in unsrer Stadt, so kämen
Wir dem Fiedler an den Kragen,
Doch gieb Acht! Die Zünfte steigen
Ihm und dem wohledlen Rathe
Ganz gewaltig auf das Dach noch."

Hieß es aber so am Herde,
Ging's noch anders auf den Stuben,
Wenn sie um die offne Lade
In der Morgensprache saßen.
Bald von dieser, bald von jener
Innung rief der jüngste Meister
Zum Gebot die Handwerksbrüder,
Die sich dann mit wüsten Reden
Auf das Aeußerste erhitzten.
Doch nach manchem Hin und Wieder
Kamen endlich sie zusammen
Zu gemeinsamer Berathung
In der Metzger großem Zunsthaus.

Und den Vorsitz im Convente
Führte Ludwig Wendehake,
Oldermann der Brauergilde.

Keinem Andern mocht' es glücken,
Die aufsäßigen Parteien
Unter einen Hut zu bringen
Und den Eigensinn zu bänd'gen,
Der in jedem Einzlen spukte,
Als dem Brauer; doch sein Reichthum,
Seine Thatkraft auch und Klugheit
Schafften ihm beim Volke Ansehn
Und Vertrau'n. Was sein war, hatt' er
Mit der Arbeit Fleiß erworben;
Ging er wohl am Feierabend,
Mit bedächtig weiten Schritten
Seinen Riesenkörper tragend,
So durch seine Hopfenfelder,
Kannt' er Gott nur und den Kaiser
Ueber sich; Worthalter war er
In der Vierundzwanz'ger Umstand,
Und dem Amt war er gewachsen.
Zünfte und Geschlechter standen
Gar zu häufig auf dem Kriegsfuß
Mit einander, und da war es
Meister Ludwig Wendehake,
Der dann den Vermittler spielte
Balde wie ein Bär so grimmig,
Balde wie ein Fuchs behutsam.
Wachte er auch eifersüchtig
Ueber zünftlerischer Freiheit,
That er doch in seinem Ehrgeiz
Gerne auch dem Rathe wieder
Manchen wichtigen Gefallen.

Wenn's drauf ankam, bei den Bürgern
Durch sein Wort und seinen Einfluß
Irgend etwas durchzusetzen.

Wohl erkannt' er die Gefahren,
Die aus der entflammten Wuth
Auf den fremden Rattenfänger
Und dem langgenährten Unmuth
Gegen Rath und Bürgermeister,
Denen man Leichtsinn im Haushalt,
Uebermäß'ge Steuerlasten
Und dabei Verschwendung vorwarf,
Seiner lieben Stadt erwachsen
Und zu offener Empörung,
Mord und Todtschlag führen konnten.
Also stellt' er sich, wie immer,
Wenn es galt, nun an die Spitze
Der Verschwörung, um die Fäden
In der Hand doch zu behalten,
Und zumeist auf seinen Antrieb
Kam die große Zunftversammlung,
Eh's zu spät war, noch zu Stande,
Wozu alle Zünfte Hameln's
Ihre besten Sprecher sandten
Und sich auch noch außer diesen
Viele Hudemeister drängten.
Der Herr Rathstuhlschreiber aber,
Der in Ordnung der Geschäfte
Wetteherr war bei den Zünften,
Und der deshalb im Convente
Gleichfalls hätt' erscheinen müssen,
Ließ mit Krankheit sich entschuld'gen.
Wulf der Schmied war noch nicht Meister,
Weil er unbeweibt, doch lud man

Ihn mit ein zu der Berathung:
Denn obwohl noch jung an Jahren,
War er doch ein ganzer Mann schon,
Der im Reich und selbst im Ausland
Sich wohl umgesehen hatte,
In des Handwerks Kunst und Arbeit
Es den besten Meistern gleichthat
Und der Schmiede seiner Mutter
Seit des Vaters Tode vorstand.
Auch ein gutes Mundwerk hatt' er
Und, was ihm in diesen Tagen
Noch verstärkten Anhang schaffte,
Er verrieth in seinen Worten
Mehr als Alle Groll und Ingrimm
Auf den Rath und ganz besonders
Auf den fremden Rattenfänger;
Aber Wenige nur kannten
Seines Hasses Trieb und Stachel.

Leicht ward's nicht dem Meister Brauer,
Zucht und Ordnung zu erhalten;
Man schrie planlos durcheinander
Und die jubelvoll begrüßte
Einigkeit kam oft in Frage
Und Gefahr des offnen Streites.
Einer überbot den Andern
Mit den wunderlichsten Plänen,
Wie dem Fremden man am besten
Stellt' ein Bein und auch dem Rathe
Ging' am gründlichsten zu Leibe.
Dabei ward an dies' und jener
Unbequemen alten Satzung
Wenigstens mit groben Worten
Stark gerüttelt und gemäkelt;

Jede Innung aber suchte,
Irgend einen kleinen Vortheil
Bei der wünschenswerthen Aendrung
Für sich selbst herauszuschlagen,
Was die andern wieder, neidisch
Auf den Vorzug, ihr nicht gönnten.
Alle standen gegen Einen,
Einer kämpfte wider Alle,
Und die jetzt sich scharf befeindet,
Waren wieder schnell verbunden,
Wenn's den Dritten galt zu ducken.
Schreiner Wurmstich wollte lieber
Heut' als morgen aus dem Thore
Mit Gewalt den Fremden treiben;
Metzger Schrader aber machte
Eine Handbewegung, welche
Seine Absicht mit dem Spielmann
Unzweideutig ließ erkennen.
„Der ist stichfest, rief der Beutler
Erich Dolenvoigt, kein Messer
Kann ein Loch in's Fell ihm schneiden.“
Schneider Furian schimpfte weidlich
Auf den Rath und die Geschlechter,
Die sich seiner Scheer' und Nadel
Freilich selten nur bedienten.
Heute schmälte er mal wieder
Auf die neue Kleiderordnung;
Die müß' aufgehoben werden,
Meint' er, und zugleich verordnet,
Daß sich kein Bewohner Hameln's
Außerhalb, in anderm Orte
Ein Gewand verfert'gen lasse.
„Fehlt dir wohl an Arbeit, Schneider?“
Höhnte Kluckenhahn, der Schuster.

„Haſt nicht Unrecht, Meiſter Jurian,
Sprach der Kürſchner Ramdohr finſter,
Mit dem Rauchwerk iſt es juſt ſo,
Daß ſie's weither kommen laſſen."
„Nichts da! was dem Einen recht iſt,
Iſt dem Andern billig, murrte
Grüderich, der Böttchermeiſter,
Solchen Uebergriff verbiet' ich,
Daß der einen Zunft vor andern
Hier ein Vorrecht eingeräumt wird."
„Hat der Rath dem Rattenfänger
Hundert Mark als Lohn verſprochen,
Zahl' er's ihm aus eignem Beutel,
Doch nicht aus gemeinem Säckel,"
Sagte Wetzenſtein, der Bäcker.
„Ganz und gar auch meine Meinung,
Fuhr der lange Harniſchmacher
Anton Keſſelring dazwiſchen,
Und es ſoll der Rath in Zukunft
Ueberhaupt nichts mehr bewill'gen
Ohne Anfrag bei dem Umſtand."
„So iſt's recht! der lange Anton
Hat mit ſeinem Wort den Nagel
Grade auf den Kopf getroffen,"
Rief der Leineweber Schnabel,
Und der ganze Chorus jauchzte:
„Recht ſo, Anton! nichts bewill'gen!
Nichts dem Rathe! nichts bewill'gen!"
Und wild donnerten die Fäuſte
Auf den Tiſch, die Krüge klappten.
„Dazu kommen wir am beſten,
Rief Joachim Poppendieck,
Der den Schnitt und Zapfen hatte,
Wenn wir ſchärfer Aufſicht führen

Und nicht dulden, daß der Rath sich
Wieder ohne uns versammle;
Von den Vierundzwanzig haben
Mindestens drei Meister künftig
Jeder Sitzung beizuwohnen,
Schlag' ich vor, daß man erfahre,
Was sie dort zusammenrühren."
Dieser Antrag schien den Meisten
Einzuleuchten; sie versuchten
Durch erhöhte Forderungen
Ihn noch weiter auszudehnen,
Schrie'n sich heiser durcheinander
Und verwickelten sich endlich
In ein Knäul von Widersprüchen,
Daß sie selbst nicht recht mehr wußten,
Was sie wollten, und dem Brauer
Immer schwieriger es machten,
Aus der Spreu des Wortgedresches
Einen Kern herauszuschälen.
Fischermeister Rögner hielt sich
Düster schweigsam in dem Lärme;
Von den wen'gen Eingeweihten
Hatt' er wegen seiner Tochter
Manchen Scheelblick auszuhalten,
Und gar Wulf als Jüngster mußte
Sich schon mehr gefallen lassen.
„Wie denn kommst du zu der Schmarre?
Frug ihn Annecke, der Schlosser,
Bist gezeichnet wie vom Bösen,
Riß dich da ein Angelhaken
Im Gesichte? wollt'st wohl fischen?"
„Schlosser schweig! sprach Wulf, hast selbst noch
Einen Kerb bei mir am Rabisch,
Komm mir nicht an meinen Amboß,

Schlosserarbeit ist am Schraubstock,
Weißt doch, was man Bönhas' nennet?"
„Alle miteinander still jetzt!"
Rief mit seiner Paukenstimme
Wendehake, und sie schwiegen.
„Hört den Antrag jetzt, ihr Meister!
Wir verlangen eine Sitzung
Mit der Vierundzwanz'ger Umstand,
Wie es im Donat verbrieft ist,
Und wir wollen, daß die Löhnung
Man nicht zahlt dem Rattenfänger
Ohne Zustimmung des Umstands;
Wir verlangen ferner kürzlich,
Daß man eine Rechnung auflegt
Von der Stadt gemeinem Säckel.
Uebrigens verweigern Zünfte
Jeden Dienst der Stadt und werden
Eh' nicht Schoß und Losung zahlen,
Bis die Rechnung revidirt ist.
Wird die Fordrung abgewiesen,
Wollen wir mit eigner Macht uns
In Besitz der Schlüssel setzen
Und den Rath vom Stuhle stoßen."
Lärm und Jubel ohne Maßen
Folgte auf den kühnen Antrag,
Und das Loos berief drei Meister,
Ihn dem Rathe zu verkünden.

So ward heller Sturm geläutet.
Weiß nun nicht, wie's im Gewissen
Und im Buch des Rathes aussah.
Wenn Herr Wichard unterdessen
Manche schwere Stunde hatte,
War's nicht Schuld, die ihn bedrückte;

Doch er liebte Ruh und Frieden
In der Bürgerschaft, es kam ihm
Ungelegen solche Zwietracht,
Und er sorgte um den Eidam.
Hameln's Schirmvogt, wer auch immer
Dieses hohe Amt bekleidet,
War in Fehden oft verwickelt,
Und die Stadt war mit den Bürgern
Dann allein sich überlassen,
Sich den Feind von ihren Mauern
Ohne Zuzug abzuwehren.
Deshalb plante man im Rathe,
Hameln besser zu befest'gen,
In der Stadt Umwallung Thürme,
Unersteigbar hoch mit Zinnen,
Und ein Wighaus mit Wimpergen
Fest und sturmfrei aufzuführen.
Heribert de Sunneborne
Sollt' als Architekt des Rathes
Diese starken Werke bauen.
Wenn des Schwiegersohns Bestallung
War vom Rathe erst vollzogen,
Wollte ihm der Bürgermeister
In die Eh' die Tochter geben,
Doch schon für die nächste Woche
War die Lautmerung beschlossen.
Alles dies erwog im Geiste
Hameln's wackrer Bürgermeister,
Und der Aufruhr in den Zünften
Kreuzte nun die schönen Pläne.
Fast gereute ihn des Paktes
Mit dem fremden Rattenfänger,
Denn dies war der erste Funken,
Draus die Flammen aufgeschlagen.

„Wenn's ihm nicht gelungen wäre,
Dacht' er, wenn noch eine Ratte,
Nur ein einzig winzig Mäuslein
Noch am Leben wär', vielleicht dann
Ließ der Spielmann mit sich handeln."
Er versank in düstres Grübeln,
Selbst der edle Bacharacher
Konnte ihn nicht mehr erheitern.
Eines Abends in der Dämmrung
Ging er hin zum Oldermanne
Wendehake, doch was Beide
Hier verhandelt, blieb Geheimniß.

Auch die beiden Stillverlobten,
Heribertus und Regina,
Fürchteten für ihres Glückes
Einkehr unwillkommnen Aufschub.
Aber mehr als diese schwebte
Gertrud noch in Herzensängsten;
Denn der Männer Haß auf Hunold
Blieb nicht lange ihr verborgen;
Sie war überzeugt, der Feinde
Böser Will' und Trachten wäre,
Aus dem Wege ihn zu räumen,
Und er sei mit blut'gem Anschlag
Stets und überall verfolgt schon.
Als er Abends kam zur Laube,
Warf sie sich mit heißen Thränen
An die Brust ihm und erzählte,
Was ihm selbst schon kein Geheimniß;
Denn der Wirth im braunen Hirsche
Hatte ehrlich ihn gewarnet,
Und die drohend finstern Blicke,
Die ihn auf der Gasse trafen,

Und manch nachgerufnes Schimpfwort
Ließen über seine Lage
Den Erfahrnen nicht in Zweifel;
Doch nicht an so Schlimmes dacht' er,
Wie es Gertrud sah vor Augen.
Sie beschwor ihn hoch und theuer,
Mit ihr aus der Stadt zu fliehen:
„Bist nicht deines Lebens sicher,
Rief sie zitternd, und ich weiß nicht,
Ob ich morgen noch dich lebend
Wieder kann in Armen halten;
Laß uns nächste Nacht entfliehen!
Mit des Vaters Nachen werd' ich
Gegen Abend übersetzen
Uebern Weserstrom und drüben
·In des Ufers hohem Röhricht
Bis zur Dunkelheit mich bergen,
Bis du kommst, mich abzuholen.“
„Liebchen, nein! sprach Hunold zärtlich
Aber fest, nicht fliehen werd' ich,
Eh' mein Handel mit dem Rathe
Abgemacht ist und erfüllet.
Mit des Königs Frieden weil' ich
In der Stadt hier, wohl beschirmet,
Zu den Heil'gen ist's geschworen,
Und der Rath muß mich beschützen.“
„Kann er's denn? rief Gertrud ängstlich,
Kann er denn vor Messerstößen,
Wenn dich Zwei, Drei überfallen
Abends auf der Gass' im Dunkeln,
Dich beschützen? was dann nützt es,
Wenn er auch die Mörder — Hunold!
Ach! nicht auszusprechen wag' ich's.“
„So weit ist es noch nicht, Gertrud,

Sagte Hunold, und die Hunde,
Die am lautesten grad' bellen,
Beißen nicht." So halb mit Scherzen,
Halb mit ernstem Trost und Zuspruch
Sucht' er, ihr die Furcht zu nehmen.
Es gelang ihm ohne Mühe;
Sie vergaß in seiner Liebe
Alles Andre bald, doch als er
Schied, da horchte sie noch lange
In die Nacht hinein, ob sie nicht
Seinen Hilferuf vernehme,
Ob er auch unangefochten
In die Herberg wohl gelangte.
Und als Alles still blieb, schlich sie
In ihr Kämmerlein und schloß in
Ihr Gebet den Heißgeliebten.

Sorglos in der Kemenate
    Saß Regina einst am Wocken,
    Spann vom Flachse glatte Fäden
    Und Gedanken an den Liebsten,
    Als an allen Gliedern zitternd,
    Ohne Athem Dorothea
    Plötzlich in das Zimmer stürzte,
    Auf den Stuhl sank, schrie und ächzte:
    „Alle Heil'gen! alle Heil'gen! —
    Kind, ach Gott! ich bin des Todes! —
    Drunt im Keller — grauslich Wunder!
    Alle Heil'gen! alle Heil'gen!"
    Dann versagte ihr die Stimme,
    Und sie schnappte Luft und stöhnte.
Aufgesprungen war Regina,
Riß vom Schaff ein Maygollin,
Füllt' es schnell mit starkem Würzwein,
Der mit Pfeffer, Zimmt und Näglein
Und Mußkatnuß auch versetzt war,

Hielt's der Alten an die Lippen
Und sprach: „Schlucke, liebe Alte,
Stärke dich und dann erzähle."
„Ach du lieber Himmel! Kindchen,
Hauchte Dorothea zitternd,
Daß das Krüglein in der Hand ihr
Mit dem Würzwein bebt' und schwappte,
„Unten in dem Keller hab' ich
Jetzt den bösen Geist gesehen;
Eine Ratte mit fünf Köpfen
Und wohl an die hundert Beinen,
Wie ein Wagenrad an Größe,
Schnob mich an mit Feuerspeien;
Glaube, Kind! das ist der Böse,
Der dem Herenmeister beisteht
In dem tagesscheuen Werke, —
Ach! ich kann nicht mehr — ich sterbe."
„Altchen! hast dich wohl erschrocken,
Komm nur zu dir, solche Geister
Gehn nicht um bei hellem Tage,
Wollen den Kobold bei Lichte
Einmal näher uns betrachten,
Komm herab, ich gehe mit dir."

„Kindchen, um des Himmels willen!
Wage nicht dein junges Leben,
Schick' in's Kloster gleich zum Beichtmönch,
Um den Teufel auszutreiben,
Ruf' den Lorenz mit der Pike,
Nimm das Crucifix zu Händen,
Schlag' ein Kreuz und bet' ein Sprüchlein."

Aber ein beherztes Mädchen
War Regina, rief den Lorenz,
Nahm die Leuchte, und nach langem

Weigern, Bitten, Warnen, Flehen
Stiegen sie hinab zum Keller.
An der Spitze schritt Regina,
Kicherte und scherzte neckisch,
Doch je tiefer sie herabkam,
Um so lauter schlug ihr Herzchen,
Und ihr Lachen selbst verstummte.
Lorenz stieß mit seiner Pike
Fest auf jede Treppenstufe,
Als ob's mehr ihm drum zu thun sei,
Mit dem lauten Waffenlärme
Die Gespenster zu verscheuchen,
Als sie kämpfend zu bestehen.
Hinterdrein schlich, zähneklappernd
Einen kräft'gen Segen murmelnd
Und sich kreuz'gend, Dorothea.
So kam an das tapfre Kleeblatt,
Und Regina hob die Leuchte
An der Schwelle schon des Kellers,
Daß der Raum war hell beschienen.
Ja, — wahrhaftig! da! da kroch es
Langsam hin entlang der Mauer,
Regte zappelnd zwanzig Füße,
Hinten, vorne, an den Seiten,
Hatte ringsum auch fünf Köpfe,
Fünf leibhaft'ge Rattenschnauzen,
Und in ein verwickelt Knäuel
Waren sichtbar alle Schwänze
In einander fest verschlungen.
„Pik' ihn, Lorenz!" rief Regina,
Doch da war es schon verschwunden,
Hatte unter dem Gerümpel
In die Mauer sich verkrochen.
„'s ist der Böse, sagte Lorenz,

Und der Spielmann steht im Bunde
Mit dem Satan, 's ist kein Zweifel."
„Sagt' ich's denn nicht gleich, Reginchen?
Rief die Alte, siehst du, Kindchen,
Siehst du! wolltest mich verspotten
Und bist auch nun blaß geworden;
Soll ich dir ein Tränklein brauen?
Hänge dir ein Kräutersäckchen
Auf die Herzgrub', daß der Schrecken
Sich nicht in's Geblüt dir schlage."

Doch Regina ging zum Vater,
Ihm das seltne Stück zu melden.
Hochauf horchte da Herr Wichard,
Und statt mächtig zu erstaunen,
Sank er in ein tiefes Sinnen,
Schwieg und lächelte und nickte.
Endlich sprach er: „Seid ihr sicher,
Daß ihr richtig auch gesehen,
Euch ein Blendwerk nicht getrogen?"
    „Vater, wie ich Euch hier sehe,
Sah ich es mit diesen Augen,
Will's bei allen Heil'gen schwören."
„Dazu kann es vielleicht kommen,
Sprach Herr Wichard, seid verschwiegen
Von dem Fall und übermorgen
Haltet euch bereit, zu Rathhaus
In der allgemeinen Sitzung,
Die ich auf der Zünfte Antrag
Anberaumte, zu erscheinen
Und das Märlein zu erzählen."
Sprach's und schritt vergnügt zum Schreine,
Drin der Bacharacher hauste,
Schenkte einen vollen Schauer

Sich zum Trost und trank bedächtig:
„Spielmann! Spielmann! mich will dünken,.
Hast noch nicht die hundert Mark
Hamelenscher Witt' und Wichte."

Schön Regina kam zur Alten:
„Dort'chen, sprach sie, Vater wurde
Ganz vergnügt bei meiner Märe,
Sagt, wir sollen's heimlich halten,
Keinem Menschen davon sagen
Und bereit sein, übermorgen
In der Sitzung auf dem Rathhaus
Die Geschichte zu erzählen."
„Ich kann schweigen! sprach die Gute,
Aber Eines, Kindchen, sag' ich,
Daß der Vater gar gelächelt
Zu der schrecklichen Geschichte,
Das hat etwas zu bedeuten,
Gieb mal Acht, ob ich nicht Recht hab',
Das hat etwas zu bedeuten!"
Dorothea ging zum Garten,
Wäsche auf den Zaun zu hängen,
Und im Nachbargarten harkte
Welkes Laub „des Rathes Amme",
Wie der weisen Frauen Hameln's
Weiseste den Titel führte.
„Frau Gevattrin, ein paar Worte!
Rief hinüber Dorothea,
Habt Ihr Ratten noch im Keller?
Nein? gewiß nicht? ach! wie glücklich
Seid Ihr! — ob wir welche haben?
Nein! das sag' ich nicht, bewahre!
Aber 's ist 'ne eigne Sache,
Seht Ihr, — wenn ich reden dürfte, —

Aber nein! — o ich kann schweigen! —
Frau Gevattrin wollt Ihr's keiner,
Keiner Menschenseele sagen?
Denkt Euch —" und nun aufgezogen
Ward die Schleuse ihrer Rede
Und das ganze Abenteuer
In der weisen Frau verschwieg'nen,
Treuen Busen ausgeschüttet.
Man versprach sich nochmal Schweigen,
Und dann schied man von einander.
Dorothea, sehr erleichtert
Nach der glücklichen Entbindung,
Eilte spornstreichs in die Küche.
Die Frau Nachbarin ließ aber
Laub und Harke schnell im Stiche,
Lief hinüber zur Frau Base,
Trat mit raschem Gruß in's Stübchen:
„Frau Gevattrin, ein paar Worte!
Habt Ihr Ratten noch im Keller?"
Nun schon fünfzehn aus den fünfen
Jungfer Dorothea's wurden
Und noch grauslicher die Schildrung.
So gevatterte das weiter,
Und die halbe Stadt bald wußte,
In des Bürgermeisters Keller
Sitzt der Satan in Gestalt
Eines ries'gen Rattenknäuels
Mit unendlich vielen Beinen,
Hundert Köpfen, tausend Schwänzen,
Wahren Elephantenzähnen,
Feuerrädern statt der Augen
Und gewalt'gen Tigerkrallen.
Allen war es ohne Zweifel,
Daß das Ungethüm der Böse,

Dem der Fiedler sich verschworen,
Daß mit seinem Höllenzwange
Er beim Rattenfang ihm beisteh'.
Wenigstens die ältern Weiber
Hatten das unwiderleglich
Festgestellt, doch bei den jüngern
Hatte der gewandte Spielmann
Einen Stein im Brett, sie glaubten
Nicht so leicht an's Teufelsbündniß.
Auch noch andre Freunde hatt' er
In der Stadt; die muntern Kinder
Hingen sich an ihn, wo immer
Er sich blicken ließ, und folgten
Lärmend ihm in hellen Haufen
Durch die Gassen, schrie'n und baten:
„Bundting, Bundting, blas' ein Stücklein!"
Also nannten sie den Spielmann,
Weil er manchmal statt in dunkler
In ganz bunter Tracht einherging.
Meist auch that er ihnen willig
Den Gefallen, und sie lernten
Bald von ihm die leichten Weisen,
Sangen gern sie und marschirten
Nach dem Takte seiner Pfeife.
Ja, sie paßten auf den Weg ihm,
Und wenn er vom Berg zurückkam,
Standen sie schon vor dem Thore,
Liefen jauchzend, freudestrahlend
Ihm entgegen, und dann zogen
Sie mit Sang und Klang zur Schenke,
Bis ihr Liebling durch die Thüre
Nun verschwand, sie freundlich grüßend.
Ungern litten es die Eltern,
Sahn verdrießlich aus den Häusern,

Wenn der laute Schwarm vorbeizog,
Doch Verbote und selbst Strafen
Halfen wenig; ihren Kindern
War der liebe, lust'ge Sänger
Schnell an's junge Herz gewachsen.

Die Sitzung.

XIII.

Welch' Gedränge vor dem Rathhaus!
Schulter standen sie an Schulter
Auf dem Marktplatz, Männer, Weiber,
Junge Burschen, muntre Dirnen;
Die Trabanten hatten Mühe,
Eine Gasse frei zu halten
Für die Herrn vom Rath und Umstand,
Die daher mit sehr verschiednem
Vorgefühl zur Sitzung kamen.
Wie die Stille vorm Gewitter
Lag's auf der vielköpf'gen Menge,
Nur ein halbgedämpftes Brausen
Von Gemurmel und Geflüster

War in weitem Kreis vernehmbar.
Manchmal aus den einzeln Gruppen
Drang hervor ein lauter Wortstreit,
Wenn mit heftigen Geberden
Einer von den Zünftlern suchte,
Seine Meinung zu verfechten;
Eine helle Lache tönte
Wieder von der andern Seite,
Und des Schneiders Furian Stimme
Hörte man von ferne krähen.
Kam nun einer von den Rathsherrn,
Einer von den Stadtgeschlechtern,
Lüpfte in den vordern Reihen
Mancher höflich seine Mütze,
Doch dahinter gab's dann wieder
Manche scharfe Stichelrede,
Von Gelächter stets begleitet,
Und das Scheltwort „Fladenfresser"
Fiel dem edlen Rath zum Hohne.
Aber kam ein Hudemeister,
Von den Vierundzwanzig Einer,
Streckten sich ihm Händ' entgegen,
Und es fehlte nicht an Zuruf:
„Haltet fest! laßt Euch nicht kirren!
Immer Daumen auf den Beutel!
Laßt Euch nicht zum Narren haben!
Gebt es ihnen! redet, Meister,
Von der Leber frisch herunter,
Wir sind All' auf Eurer Seite!"
Jetzt sprang Wulf auf einen Eckstein:
„Brüder! rief er, werthe Männer!
Nieder mit dem Rattenfänger!"
Und die argen Worte fanden
Stürmisch Echo und Gejohle.

„Bringt ein Hurra auf die Zünfte!"
Und nun hurra! hurra! klang es
Brüllend, brausend übern Markt hin
Von dem einen End' zum andern.
„Wollt ihr Heil dem Rath! auch rufen?"
Nur ein wieherndes Gelächter
War die Antwort, und vom Steine
Sprang der kecke Schmied herunter
Grade auf den Rathstuhlschreiber,
Der im Augenblick vorbeikam.
„Gottes Blut! schrie Ethelerus,
Mensch, wo habt Ihr denn die Augen!?"
„That's denn weh, Herr Secretarius?
Freut mich, — daß Ihr wieder munter,
Sprach mit übermüth'gem Spotte
Wulf, doch gebt den Tritt nur weiter
Oben in dem Rathhaussaale,
Sagt, es wär' ein Gruß der Zünfte!"
Und schon wieder auf des Rathes
Und des Rathstuhlschreibers Kosten
Ward gelacht im nächsten Umkreis.

In des Amtes Schmuck und Würde,
Ihm voran zwei Stadttrabanten,
Nahte jetzt der Bürgermeister;
Fest und ruhig schritt Herr Wichard
Wie ein Mann, der seiner Sache
Sicher, keinen Gegner fürchtet.
Stille ward es, Niemand fand sich,
Ihn mit einem Wort zu kränken.
Die Trabanten präsentirten,
Und er stieg empor die Stufen.

Jetzt kam Hunold; wie ein Sieger
Ließ er kalt und stolz die Blicke
Durch die bunte Menge schweifen,
Die er musterte, wie wenn er
Unter Allen Einen suchte.
Ob sie auch mit lautem Pfeifen
Ihn empfingen, keine Miene
Regte sich in seinem Antlitz,
Keinen Fuß auch setzt' er schneller
Vor den andern; Niemand wagte,
Gegen ihn die Hand zu heben;
Wie ein Herrschender bezwang sie
Seine Haltung und sein Auge;
Haß und Furcht umgab den Fremden,
Doch im knappgeschnürten Mieder
Schlug manch Mädchenherz ihm sehnend.
War das wirklich nur ein Spielmann,
Der allein die Rathhaustreppe
Wie ein Fürst und Held emporstieg
Und die erzbeschlagne Thüre
Donnernd hinter sich in's Schloß warf?

Oben schon im Saal geordnet
Nach dem Rang und alten Brauche
Auf den hochgelehnten Stühlen
Saßen Rath und Bürgermeister;
Auf dem Tisch lag der Donat,
Hameln's codex statutorum,
Und die Vierundzwanzig standen
Gegenüber weit im Bogen;
Mitten in den Kreis trat Hunold.
Als die Sitzung dann eröffnet,
Sprach der Bürgermeister also:
„Ehrenfeste und Fürsicht'ge,

Günst'ge, liebe Herrn Collegae
Und der Stadt getreue Bürger
Von der Vierundzwanz'ger Umstand!
Eh' wir Antrag und Beschwerden
Unsrer treuen Zünfte prüfen,
Laßt uns dieses Mannes Sache
Kurzer Hand zum Austrag bringen."
„Gebt mir's Wort, Herr Bürgermeister!"
Rief der Brauer Wendehake.

„Sollt es haben, doch zuvörderst
Laßt den Fremden selber reden.
Hunold Singuf, was begehrt Ihr?"
„Edler Herr, begann der Spielmann,
Meinen freundlichen und will'gen
Dienst und Gruß zuvor Euch Allen!
Ihr erinnert Euch des Paktes,
Den vor Wochen Eure Weisheit
Mit wohledlen Rathes Beistand
Unter städt'schem Brief und Siegel
Feierlich mit mir geschlossen.
Meinerseits ist er erfüllet;
Ich befreit' Euch von der Plage,
Die das leid'ge Ungeziefer
Euch schon Jahre lang bereitet;
Todt sind alle Langgeschwänzten,
Keine Maus und keine Ratte
Giebt es mehr in Hameln's Mauern,
Und ich komme, meinen Sold mir,
Den bedungnen auszubitten."
Tiefes Schweigen herrscht' im Saale.
„Singuf, nahm das Wort Herr Wichard,
Seid Ihr sicher, daß sie alle,
Alle todt, die Langgeschwänzten?
Daß nicht eine sich gerettet?"

„Herr, nicht eine! sicher bin ich,
Fragt die Lachse in der Weser,
Welche feiste Atzung jüngst ich
Den Gefräßigen bescheeret
In den monderhellten Nächten."
Hu! die Lachse! in die Glieder
Fuhr's den Rathsherrn, und ein Schütteln
Ging da plötzlich durch die Reihen;
Lachse hatten sie ja gestern
Bei dem frohen Schmaus des Probstes
Noch gegessen, und die waren
Ungewöhnlich· fett gewesen.
Jetzt nun wollte sich der Magen
Ihnen schier vor Ekel wenden,
Dachten sie, womit die Lachse,
Die sie speisten, sich gemästet;
Spielmann, jetzt hast du verspielet!
Der jedoch sprach ruhig weiter:
„Habe keinen Eideshelfer,
Doch ich nehm's auf mein Gewissen,
Diese Hand mit diesem Dolche
Hat das Herz der letzten Ratte
Scharf und ohne Fehl durchstochen.
Könnt Ihr mir nicht Maus noch Ratte
Heute mehr lebendig zeigen,
Gilt der Pakt von mir erfüllet,
Und ich fordre meine Zahlung."
„Stadtknecht, führt herein die Zeugen,
Meine Tochter, die Regina,
Dorothea und den Lorenz."
Lächelnd sprach's der Bürgermeister,
Und herein zum Saale traten
Vor die Schranke jetzt Regina,
Hoch erröthend und die Wimpern

Tief gesenkt, sich still verneigend,
Dorothea, ängstlich knirend,
Und auch Lorenz, sehr verlegen.
Diese also ist es, dachte
Hunold, als ihm gegenüber
Nun Regina stand, von welcher
Dort im Wald die Tauben girrten,
Des Herrn Steinmetz stolze Liebste!
Seine Blicke ruhten lange
Sinnend auf der schönen Jungfrau,
Und im Saale stieg die Spannung
Höher noch auf jedem Antlitz.

„Mann, ich stell' Euch hier drei Zeugen,
Sprach Herr Wichard, und behaupte:
Nicht sind todt schon alle Ratten;
Eine lebt noch oder fünfe,
Wenn's der Böse nicht gewesen,
Der mit Euch im schlimmen Bunde,
Und den diese Zeugen sahen,
Und das Eine wie das Andre
Wär' für Euch von schlimmer Deutung.
Dorothea, sprich die Wahrheit,
Da du es zuerst gesehen,
Aber bitte! kurz und bündig."
„Ach Gestrengen! Euer Weisheit
Kann ich nicht genug betheuern,
Wie mir's alle Glieder lähmet,
Wenn ich nur daran gedenke,
Sprach die gute Alte zitternd;
Rechter Hand in unserm Keller,
Grade bei dem Zuber, drin ich
Eingepökeltes zum Winter
Aufbewahre und oft nachseh',

Um mit frischer Sole Bötel,
Ribbespeer und Speck und Eisbein
Regelmäßig zu begießen,
Da — da saß es dicht am Zuber
Wie ein Wagenrad an Umfang,
Hatte an die zwanzig Köpfe,
Richt'ge, spitze Rattenköpfe,
Hundert Beine, und die Schwänze
Waren all' in dickem Knäuel
Wie ein Knoten fest verschlungen,
Sah mich an mit Feueraugen,
Fauchte auf mich los und zischte,
Fletschte Zähne, hob die Krallen,
Wüthend auf mich los zu fahren,
Wär' ich nicht in Eil' entflohen."
„Ja so ist es, sprach Regina,
Doch ich zählte nur fünf Köpfe,
Mir ist's anders nicht erschienen,
Als wenn fünf gemeine Ratten,
Jede mit dem Kopf nach außen,
Sich im Kreis zusammen stellen."
„Als ich mit der Pike zukam,
Um's zu spießen, sagte Lorenz,
Da entwich es und kroch fürbaß
Wie 'ne große, garst'ge Spinne."
„Also das ist's! lachte Hunold;
Ihr wohledlen, weisen Herren,
Diesmal war's noch nicht der Böse.
's ist ein echter Rattenkönig;
Festgewachsen aneinander
Bei den kleinen, nackten Jungen
Sind die Schwänzlein schon im Neste,
Können nicht mehr auseinander,
Müssen so ihr ganzes Leben

Wie an meiner Hand die Finger
Immer fest zusammen bleiben.
So ein armer Rattenkönig
Kann sich langsam nur bewegen,
Muß vom Mitleid sich der Andern
Lebenslänglich füttern lassen,
Kann nicht wie ein Rattenjüngling
Aus dem Kellerloche springen.
Als die andern Ratten alle
Nun durch mich vernichtet waren,
Trieb ihn Hunger aus dem Loche.
Ihm auch hätt' ich leichter Mühe
Den Garaus gemacht und hätt' ihn
In der letzten Nacht getödtet,
Wenn nicht gegen unsre Abkunft —
Jetzt erhebe ich die Klage —
In der siebenten der Nächte
Mir ein Unbekannter böslich
In den Weg getreten wäre,
Der des Zaubers Kraft mir störte;
Sucht ihn nur, im raschen Streite
Hab' ich kenntlich ihn gezeichnet.
Lasset mich, Herr Bürgermeister,
Eine Nacht in Euren Keller,
Ich gelob' Euch: mit dem Frühroth
Bring' ich Euch den Rattenkönig,
Wie er leibt und lebt, gefangen,
Könnt dann über ihn beschließen,
Welche Todesart dem Fünfling
Ihr verhänget, ob die Lachse
Ihn zum Imbiß haben sollen,
Oder ob ich ihn an's Hofthor
Soll Euch zum Gedächtniß nageln.
Gültig aber bleibt der Handel,

Holt hervor Eu'r kupfern Zahlbrett
Und die hundert Mark bezahlt mir
Hamelenscher Witt' und Wichte.
Jetzt auch nenn' ich jene Klausel
Die geheime Fordrung, wißt Ihr,
Die ich mir im Brief bedungen,
Die ich aber damals selber
Noch nicht anzugeben wußte:
Von den frischen, rothen Lippen
Eures Töchterleins Regina
Fordr' ich einen Kuß als Badgeld."
„Unverschämter! rief Herr Wichard,
Keinen Albus sollt Ihr haben,
Wenn Ihr meint, Ihr könntet straflos
Rath und Bürgerschaft verhöhnen
Und ein ehrbar züchtig Mädchen
Frech in's Angesicht beleid'gen;
Hier liegt Euer Brief zerrissen,
Und im Keller sitzt die Ratte;
Habt den Pakt uns nicht erfüllet,
Fahrt zum Teufel! wir sind fertig!"
Aus der Vierundzwanz'ger Reihen
Tönte Jubelruf und Beifall.
„Ha! Ihr tapfern Zünfte, lachte
Zornroth Hunold, Ihr erkanntet
Im verzwickten Rattenkönig
Wohl Eu'r Ebenbild zu deutlich?"
Drohend Murren war die Antwort,
Und es ballten sich die Fäuste.
„Euch, Herr Gruwelholt, zu kränken,
Sprach er weiter, lag mir ferne;
Was in Ehren ich gefordert,
Kann in Ehren mir auch werden;
Wird mir's auch so abgestritten

Wie der Sold für meine Arbeit,
So verfahrt nach Macht und Müge.
Euren Rattenkönig tilg' ich
Aus dem Leben noch troß Eurer,
Weil ich mal mein Wort gegeben,
Und in Eurer Stadt verweilen
Werd' ich ferner nach Belieben."
Also Hunold; stolz sich neigend
Kehrte er dem Rath den Rücken,
Schritt zum Saal hinaus und schlüpfte
Durch das kleine Hinterpförtchen
Aus dem Rathhaus auf die Gasse,
Wandte sich zum nächsten Thore
Und stieg dann empor den Basberg.

Auf dem Rathhaus war der Umstand
Mit der Wendung ganz zufrieden.
Eitelkeit und Schadenfreude
Kitzelten die braven Zünftler,
Daß durch ihren Druck erreicht war,
Jenen Fahrenden zu prellen,
Geld zu sparen und dem Rathe
Ihre Macht gezeigt zu haben.
Diese Anwandlung benußte
Wendehake rasch zur Schwenkung.
Während Unruh und Entrüstung
Sich des Rathes noch bemächtigt,
Machte er den Vierundzwanzig
Ihre Lage klar und zeigte,
Angesichts der sehr entschloßnen
Haltung ihres Bürgermeisters,
Die sehr dringende Besorgniß,
Ob sie bei der überstürzten
Zweiten Fordrung ihres Antrags

11*

Nicht vielleicht den Kürzern ziehen
Und nach ihrem kaum errungnen
Siege eine doppelt schwere
Niederlage in dem Kampfe
Mit dem Rath erleiden würden,
Die wohl gar am letzten Ende
Ihren alten Privilegien
Manchen Stoß versetzen könnte.
Das schlug freilich durch, sie steckten
Ihre Köpfe nun zusammen,
Tuschelten und brummten, nickten
Schüttelten und stimmten endlich
Ihrem Führer zu mit Seufzen,
Denn sie dachten an die draußen.
Da erhob sich der Proconsul:
„Jetzt zu Euch, Ihr Herrn vom Umstand!"
Leise bebte ihm die Stimme,
Und wie ein gereizter Löwe
Stand er drohend und gewaltig,
Aus den Augen sah man's blitzen:
Nun mal 'ran! bin just in Stimmung!
Höflich nahm das Wort der Brauer:
„Edle und großgünst'ge Herren!
Nach gepflog'ner Unterredung
Ziehen wir der Zünfte Antrag
Auf gemeine Rechnungslegung
Heut' zurück; in seiner Gilde
Wird ein Jeder dafür sorgen,
Daß man zu der Stadt Verwaltung
Allerseits Vertrauen hege
Und die Einigkeit in Hameln
Zwischen Rath und Bürgerschaft
Immerdar erhalten bleibe."
Aus dem Kreis des Rathes jetzo

Kam der Beifall, und die Sitzung
Ward in allerschönster Eintracht
Von Herrn Gruwelholt geschlossen.

Einen triumphirend schlauen
Und verständnißvollen Blick nur
Wechselte der Bürgermeister
Schweigend mit dem Oldermanne.
Ihrer Klugheit war's gelungen,
Eine drohende Empörung,
Unabsehbar in den Folgen,
Noch im Anfang zu ersticken.
Freilich kostet' es ein Opfer,
Das man dem erregten Volke
Zur Beschwicht'gung bringen mußte.
Kürzesten Prozeß drum machte
Wichard mit dem Rattenfänger,
Stieß ihn jäh aus seinem Rechte,
Warf ihn hin der blinden Menge,
Die ihn, durch das Zugeständniß
Sehr geschmeichelt, gierig auffing.
Nun des Brauers Sache war es,
Als des Rufers in dem Streite,
Das Gefecht hier abzubrechen
Und den Frieden herzustellen.
So geschah es Zug um Zug,
Und ihr Spiel gewannen Beide.
Sicher saß der Rath nun wieder
Auf den hochgelehnten Stühlen,
Glorreich standen da die Zünfte,
Und das Opfer war der Spielmann.

Auf dem Rückweg von dem Rathhaus,
Wo die Herren ja bekanntlich
Klüger sind, als auf dem Hinweg,

Sah man manchen Hudemeister
Von der Vierundzwanz'ger Umstand
An der Seite manches Rathsherrn
Friedlich im Gespräche wandeln,
Und die Menge, die die Neugier
Bis zur Stund' am Platz gehalten,
Ging auf Wendehake's Zuspruch
Ruhig, doch nur halb befriedigt
Vom Erfolge, aus einander.
Nur die Frauen und die Mädchen
Hatten Mitleid mit dem Spielmann,
Hätten gern ihn noch gesehen,
Nannten hochmuthsvoll Regina,
Weil sie ihm den Kuß verweigert.
Aber Schneider Furian keifte:
„Sagt' ich's nicht? die Rappelköpfe!
Reißen's Maul auf in den Stuben,
Aber kommt es dann zum Klappen,
Duckt sich das und kriecht zu Kreuze,
Vierundzwanzig Hasen sind es!
Aber das ist nur die Folge,
Daß man nicht die rechten Männer
Damals in den Umstand wählte!"
Dabei schlug er auf die Brust sich.
„Schneider, sprach der Rathstuhlschreiber,
Eßt ja auch wohl gerne Lachse?
Sind jetzt fett, fragt nur den Spielmann,
Werden auch wohl billig werden;
Seht, so hat doch All' sein Gutes,
Aber laßt Euch nicht ertappen,
Wenn Ihr wieder heimlich angelt."

Hunold warf sich auf dem Basberg
In das Gras mit tiefem Unmuth.

„Leicht im Liegen sinnt sich List,
Heißt's im alten Liede," sprach er;
Innen kocht' es ihm, und brütend
Sann er Wette und Vergeltung.
„Willst es ihnen zeigen, knirscht' er.
Ob du nach der Herrn Belieben
Mit dir spaßen läßt und spielen;
Mögen sie in Teufels Namen
Doch ihr lumpig Geld behalten,
Doch den Hochmuth will ich brechen.
Zwing' ich das Geschlechterfräulein,
Schlage ich der ganzen Sippschaft
In's Gesicht; sie sollen sehen,
Daß die Bürgermeistertochter
An den Hals sich wirft dem Spielmann.
Bin auf einen Kuß nicht eben
Sehr versessen, aber diesen,
Diesen grade muß ich haben!
Und ich weiß ihn schon zu kriegen,
Kann verlocken und verführen
Andres noch, als dumme Ratten."
Kam ein Wiedehopf geflogen,
Lief im Grase hin und wieder,
Mit dem Kopfe mit dem Schwanze
Wippt' er wie zum Gruß und schnellte
Seinen Federbusch nach vorne,
Rief dann: „Hup! hup! hup! Herr Spielmann
Wünsch' Euch Glück zum Habedank,
Hup! hup! Habedank im Rathhaus!
Habt die Ratten brav gefangen,
Kriegt doch keinen hup! hup! Heller,
Doch Geduld nur! laßt Euch trösten,
Habt wohl heute mehr gefangen,
Als den alten Rattenkönig.

Hup! hup! hup! Herr Heribert
Hat nicht Ursach, Euch zu lieben,
Denn ich weiß ein Mägdlein sitzen
Mit ganz seltsamen Gedanken,
Sah heut' in zwei dunkle Augen,
Spielmannsaugen, Zauberaugen,
Und die liegen ihr im Sinne,
Denkt an Euch, Herr Hunold, hup!"
In den Wald dann flog der Bunte.
„Desto besser! halbe Arbeit!"
Sagte Hunold und erhob sich,
Schritt in's Dickicht, sucht' und suchte,
Bis er fand, was er gebrauchte.
Bilsenkraut war's, das er aushob
Aus der Erde; mit dem Messer
Schnitzt' er aus der starken Wurzel
Einen Menschenleib und ritzte
Auf die Brust verschlungne Zeichen,
Murmelte geheimen Segen
Auf's Gebild und steckt' es zu sich.
„So, schön Jüngferlein, nun wahr' dich,
Wenn du kannst, vor Zaubers Walten!
Wird sich bald ein süßes Gift dir
In die blauen Adern schleichen,
Wirst dein Herzchen pochen hören,
Wirst dich heimlich nach mir sehnen,
Und ein wonnig heiß Verlangen
Wird dir wie ein lüstern Schlänglein
Schmeichelnd um den Busen spielen,
Hihihi!" so lacht' er teuflisch.

Der Roland.

Mit dem Singen in der Herberg
War's nun aus; die Hörer fehlten,
Die sich sonst zum Spielmann drängten.
Rath und Bürgerschaft von Hameln
Waren einig wider Hunold,
Denn erreicht war, was sie wünschten:
Geld bekam er von der Stadt nicht,
Und die Ratten wie die Mäuse
Waren sie ja los geworden.
In den ersten freien Tagen
Athmeten sie auf vom Joche,
Doch — so mächtig ist Gewohnheit —
Lange war's nicht, da begann man
Fast die muntern Langgeschwänzten
Zu vermissen, denn man hatte
Mit den flinken Hausgenossen

Sich schon eingelebt, und plötzlich
War es nun so still im Hause,
Wie wenn eine Schaar von Kindern,
Die sich lärmend drin getummelt,
Ihren alten Spielplatz räumte.
Nimmer tanzt' ein kleines Grauchen
Durch's Gemach mehr und ergötzte
Mit den Männlein, die es machte,
In der Einsamkeit die Hausfrau.
Auch das Zirpen, Pfeifen, Knuspern,
Das sich Abends regelmäßig
Wie das Heimchen hinterm Herde
Ließ vernehmen, war verstummt nun.
Alle Feindschaft, aller Schaden,
Den die arge Brut gestiftet,
War vergessen, und das Ende
Eines Kampfs, der Zeit und Mühe
Ohne Unterlaß gefordert,
Machte eine Lücke fühlbar,
Die des Tages Stunden dehnte.
Wenig fehlte, daß allmälig
Die vom Uebel kaum Erlösten
Den Gehaßten und Verfolgten
Mitleid und Bedauern schenkten.
Die geseufzt, geflucht, gelitten,
Die sich freu'n und jubeln sollten,
Daß sie aller Noth und Drangsal
Nun mit einem Schlage ledig,
Nahmen's hin wie Wetterwechsel,
Dachten nicht daran, dem Manne,
Den sie um den Sold betrogen,
Nur mit einem Wort zu danken,
Und er selbst, der Rattenfänger,
War zu stolz, den Dank zu suchen.

Es bekümmerte sich Niemand
Um den Fahrenden, man traute
Ihm nicht recht mehr, und es wurde
Mancherlei von ihm gemunkelt,
Was doch nicht mit rechten Dingen
Zugehn konnte; zwar die Mädchen
Zog es nach wie vor zum Sänger,
Doch sie durften nicht mehr Abends
Sich zum braunen Hirsche schleichen,
Selbst den Handwerksknechten ward es
Von den Meistern jetzt verboten.

Hunold war es tief verächtlich,
Wie man ihn, den man doch Anfangs
Fast wie einen Helden ehrte,
Nun so jämmerlich im Stich ließ.
Doch am meisten wurmt' ihn Eines:
Gertrud war ihm unzugänglich;
Nicht mehr in der stillen Laube
Fand er nächtlich die Geliebte;
Streng bewachte sie der Vater,
Der gewarnt war und die Tochter
Jeden Abend sorglich einschloß.
Eine gute Freundin hatte
Von dem sonderbaren Badgeld
Ihr erzählt, das sich der Fremde
Von Regina's Mund erbeten,
Und verstand es nicht, daß Gertrud
Ihr das gar nicht glauben wollte
Und den Spielmannsschwank nicht herzlich
Wie sie selbst belachen konnte.
Gertrud aber saß und sann,
Wußte nicht, was sie von Hunold
Denken sollte, wie es möglich,

Daß es ihn nach anderm Munde,
Als dem ihren, noch gelüste.
Recht wie einen Stich in's Herz
Fühlte sie die bittre Kränkung,
Und auf das Geschlechterfräulein
Kam ihr Eifersucht und Mißgunst.
Doch gedachte sie des Schwures,
Der ihr seine Treu verbürgte,
Schalt sie wieder mit sich selber,
Daß an ihres Hunold's Liebe
Ihr ein Zweifel kommen konnte;
Ihre Angst beschwicht'gend sprach sie:
„Ist ein Scherz von ihm gewesen,
Hat Regina necken wollen,
Weil vorm Rath sie in der Sitzung
Wegen jenes Rattenkönigs
Gegen ihn als Zeugin auftrat.
Aber wie, wenn nun Regina
Doch für Ernst den Scherz genommen,
Um dem Mann für seine Mühe
Wenigstens mit dem erbetnen
Kuß zu danken, Rath und Zünfte
Durch Gerechtigkeit beschämend?
Wär' die endliche Erlösung
Von der ungeheuren Plage
Mit dem Kuß des schönsten Mädchens
Unsrer Stadt zu hoch bezahlet?"
So mit Für und Wider quälte
Sich in ihrer Liebe Gertrud;
Tag und Nacht nicht aus dem Sinne
Kam das Badgeld ihr, voll Schwermuth
Schlug das Herz ihr zum Ersticken;
Ach! und nun von ihm getrennt sein,
Ihn nicht sehn, nicht fragen können!

Als vergeblich eine Stunde
Hunold in der Geisblattlaube
Auf sein blondes Lieb gewartet,
Ging er in der Nacht verdrossen
Zu des Bürgermeisters Wohnung,
Schwang sich übern Zaun hinüber
In den Garten und drang spürend
Bis zum Stamm der alten Linde.
Grade vor dem hölzern Trepplein,
Das hinauf zur Krone führte,
Wo er wußte, daß Regina
Tag für Tag darüber hinschritt,
Kniet' er nieder, Sprüche murmelnd,
Lockerte etwas die Erde
Und vergrub den Liebeszauber
Den er auf dem Basberg formte
Aus des Bilsenkrautes Wurzel.
Sorglich jede Spur vertilgend
Des geheimnißvollen Werkes
Ebnet' er den Weg und streute
Trockne Blätter auf die Stätte.
Dann vom Garten nach dem Hause
Schlich er und hart an der Mauer
Niederkauernd blieb er dorten,
So lang' ihn der schwarze Schleier
Dieser dunklen Nacht bedeckte.

Einen andern Rückweg aber
Wählte Hunold, als ihn frostig
Schüttelte der Hauch des Windes,
Der des Tages Nah'n verkündet;
Durch verschlungne Gassen irrt' er
Und kam dann von einer Seite,
Wo er ihn noch nie betreten,

Unversehens auf den Marktplatz.
Jetzt noch wenig Schritte vorwärts,
Halt! — im Wege steht ein Andrer.

Hunold Singuf war ein Mann,
Trug ein festes Herz im Busen,
War geübt in Wehr und Waffen;
Was hienieden seines Gleichen,
Menschlich, sterblich, schreckt' ihn nimmer.
Doch was da im Morgengrauen
Wie ein riesenhafter Schatten
Aus dem Boden vor ihm aufstieg,
Machte ihm das Blut gerinnen.
Keinen Fuß breit aber wich er,
Denn der vielbefahrne Sänger
Kannte wohl den finstern Ritter,
Der auf vieler Städte Marktplatz
Wacht hielt über Recht und Frieden
Mit gezücktem Schwert, — den Roland.
Eines Mannes Höhe dreifach
Ueberragend stand der Recke
Ganz geharnischt, mit dem Handschuh,
Der das Zeichen war des Marktrechts,
Angethan, den Schild am Arme
Und das Schwert, das Schwert, das bloße,
In der unbeugsamen Rechten.
Unbedeckten Hauptes war er
Wie der Richter, der den Spruch fällt;
Auf den Zügen hart und ehern,
Die nicht Leid, nicht Liebe kannten,
Lag der unerbittlich strenge,
Fürchterliche Ernst des Todes.
Diese Augen sah'n den Menschen
In das Herz hinein und wußten

Um die Schuld auch im Gewissen,
Wenn die fest verschloßnen Lippen,
Die kein Lächeln je bewegte,
Wie das Grab auch ewig schwiegen.
Um das stumme, starre Holzbild,
Angemalt mit rohen Farben,
Das mit Geisterschritt wie Einer,
Der von jener Welt zurückkehrt,
Aus der Nacht hervortrat, schwebten
Blutgeruch und Todesschrecken,
Und ein Grausen packte Hunold.
In dem Dämmerlichte las er
Auf dem Ritterschild die Worte:
   Freiheit gewähr' ich,
    Frieden erklär' ich,
    Recht verbürg' ich,
    Missethat würg' ich.

Der hier einsam stand, der Roland,
Stand an Kaisers Statt und Königs,
Der auf Erden höchster Richter.
Mit des Königs Frieden weilte
Hunold wohlbeschirmt in Hameln,
Niemand durfte an dem Fremden
Sich vergreifen, wenn er selber
Nicht den Frieden brach im Weichbild;
Und nun hatt' er ihn gebrochen.
Wegen seines leid'gen Zwistes
Mit dem Rathe um das Fanggeld
Konnt' er ja das Urtheil schelten,
Konnte an die Schranne kommen
Und um Recht schrei'n vor dem Stuhle;
Aber mit Verrätherkünsten
An der Unschuld sich zu rächen,

War ein Frevel, der unsühnbar
Sich ihm auf die Seele wälzte.
Eben kam er graden Weges
Von der Unthat, schwarz und tückisch,
Wie die Nacht, die sie verhüllte;
Mit des Zaubers Höllenzwange
Hatte gegen Leib und Seele
Einer schuldlos reinen Jungfrau
Er des Teufels Macht beschworen,
Ihre Ehre, ihren Frieden,
All ihr Glück wohl seinem Grolle
Gegen Rath und Stadt zu opfern
Und noch andre brave Herzen
In unsäglich Leid zu stürzen.
Jetzt hier vor ihm stand der Rächer
Mit dem blanken Schwert der Rüge,
Und die starren Augen bohrten
Sich wie Dolche ihm in's Innre.
Friedlos war er, nicht zurück mehr
Konnt' er über jene Schwelle,
Welche zwischen Schuld und Unschuld
Scharf wie eines Messers Schneide
Sich versteckt im Pfad der Menschen,
Und die Viele erst gewahren,
Wenn sie hinter ihnen aufblitzt.

Aber Hunold war kein Schwächling,
Der auf halbem Wege stehn bleibt;
Weder Knie noch Nacken beugt' er
Und nahm voll und willig auf sich,
Was die That, die rasch beschlossen,
Rascher noch vollführt, ihm auflud.
Daß es ihn auch, den Verschlagnen,
Kühnen eisig überlaufen,

Als er just auf diesem Gange
Unvermuthet auf den Roland
Grade stieß, — war's zu verwundern?
Nur zu gut kannt' er den Blutbann,
Dachte an die scharfe Frage,
An Gericht und Gottesurtheil
Und an das Gekrächz der Raben
Von der Eiche auf dem Baßberg.
Nach dem ersten herben Schrecken,
Den wohl halb der rasche Anblick,
Halb im Morgengrau'n das Frösteln
Unwillkürlich ihm erzeugte,
Kam der alte Trotz ihm wieder.
Mit verschränkten Armen stellt' er
Sich dem Roland gegenüber,
Sah ihm in's Gesicht und sagte:
„Du standst dort, eh' ich geboren,
Wirst noch stehn, wenn ich verscharrt bin,
Aber jetzt auf meinen Knochen,
Mann von Holz, steh' ich noch selber,
Und so wenig meine Fiedel
Dich zum Tanzen bringt, so wenig
Bringt dein Schwert mich um mein Leben;
Steh' nur, steh' und droh' und schweige,
Ich, ich geh' und sing' und liebe."
Da — Entsetzen! auf dem Haupte
Hunold's sträubte jedes Haar sich, —
Roland drohte mit dem Schwerte.
Deutlich sah er's sich bewegen,
Keine Sinnestäuschung war es,
Grade auf ihn nieder zuckt' es,
Stand dann wieder unbeweglich.
Nur ein Windstoß war's gewesen,
Der die rost'ge Eisenklinge

In der plumpen Hand des Ritters,
Wo in der gehöhlten Faust sie
Lose steckte, schwanken machte.
Hast'gen Schrittes wankte Hunold
Durch die Gassen nach der Herberg,
Warf erschöpft sich auf sein Lager,
Doch der Schlummer, der ihn tröstlich
Mit Vergessen sollt' umspinnen,
Floh ihn lange; spät entschlief er,
Und im Traum erschien ihm Gertrud.

Als vom Schlafe des Gerechten
Hameln's wackrer Bürgermeister
An dem Morgen sich erhoben
Und nach täglicher Gewohnheit
Von dem Fenster schob den Vorhang,
Wind und Wetter zu betrachten,
Sah er grade gegenüber
Seinem Kämmerlein im Hofe
An des Nußbaums tiefstem Zweige,
Aufgehangen bei den Schwänzen
Todt den Rattenkönig baumeln.
„Hat er doch noch Wort gehalten!
Sprach Herr Wichard, willst ihm danken;
Ist ihm wohl zuviel geschehen
In der Sitzung auf dem Rathhaus;
Mit dem Kusse von Regina
War's wohl nicht so ernst gemeint,
Wußte nicht, daß sie verlobt ist.
Wäre ungerecht und hart doch,
Wenn der Mann für seine Arbeit,
Die er ehrlich uns geleistet,
Sollte leer ausgehn, und kann ich
Auch die hundert Mark ihm heute

Von der Stadt nicht mehr verschaffen
Will ich einen Badeheller
Ihm doch selbst und reichlich senden.
Auch die bitterbösen Worte
Muß ich gut zu machen suchen;
Weiß ein Mittel, ganz gelegen
Kommt mir's, auch der Zünfte wegen
Denken sonst, sie hätten einzig
Gunst und Ungunst zu vertheilen."
Sprach es und erschloß die Truhe.
Als dann um die Mittagsstunde
Hunold niederstieg vom Söller,
Ward vom Wirthe ihm gemeldet,
Daß der Stadtknecht dagewesen,
Welcher diesen straffen Beutel
Für den Spielmann hinterlassen
Und in Bürgermeisters Namen
Ihn zur Lautmerung geladen,
Daß er mit Gesang und Spiele
Am Verlobungsfest der Tochter
Dort die Gäste möcht' erheitern. —
Nur ein stumm gedankenvolles
Lächeln war des Spielmanns Antwort.

Die Taufmerung

XV

Habt Ihr's mir, Herr Secretarius,
    Habt Ihr's mir auch aufgeschrieben?"
Lächelnd frug's der Bürgermeister,
Lächelnd nickte Ethelerus
Und behändigte Herrn Wichard
Ein gerolltes Pergamentum,
Darauf stand mit feiner Handschrift,
Manchen großen Goldbuchstaben
Und verwegnen Schnörkelzügen
Ein gelehrt verfaßtes Carmen,
Das im Sonntagsstaat der Schreiber
Eben vor dem Bürgermeister

Und den hundert frohen Gästen
Laut und würdig vorgetragen.
Heut war Hochzeit auf dem Rathhaus;
Wichard Gruwelholt verlobte
Sein geliebtes Kind Regina
Heribert de Sunneborne,
Nun bestalltem Rathsbaumeister,
Und noch vor dem Weihnachtsfeste
Sollte Brautlauf sein, da wollten
Sie den Bund der Ehe schließen;
Doch die Lautmerung des Paares
Ward mit allem Glanz und Aufwand,
Wie Geschlechterstolz und Reichthum
Standesmäßig es verlangten,
Heut in den geschmückten Räumen
Auf dem Rathhaus abgehalten.

Auf des Saales grauen Estrich
Waren fein geschnittne Binsen
Hingestreut, an alle Wände
Ringsum Teppiche gehangen
Und auf Bänke, Sessel, Schemel
Schön gewirkte Rückelaken
Ausgebreitet; von den Decken
Hingen Kränze und Guirlanden
Ausgespannt in weiten Bögen,
Und auf langen Tafeln prunkte
Blitzend der Tresur des Rathes,
Silberschätze, wie kein Reichsfürst
Mehr in seiner Hofburg aufwies.
Im verschwenderischen Mahle
War man eben bei dem Nachtisch,
Und die Schüsseln mit Gebrat'nem
Und Gespicktem und Gesott'nem

Waren abgeräumt, man ließ selbst,
Zum Verdruß der lieben Jugend,
Nicht einmal den Pfauenbraten
Mit dem prächtig langen Schweife
Und den Wildschweinskopf mit seinen
Krummen, blendend weißen Hauern
Auf den Tischen, die besetzt nun
Mit Latwergen und Konfekten
Von der Kunst des Apothekers.
Spezereyen und Galreyen
Von Canel, Muskat und Ingber,
Quitten, Calmus und Coriander
Amarellen, Bibernellen,
Möllelin und Nespelin,
Honigfladen, Zuckerbackwerk
Und verguldte Marzipane
Standen zwischen Blumensträußen
In den drolligsten Figuren
Und so seltsamen Gebilden,
Daß die Frauen nur verstohlen
Darauf hin zu blicken wagten
Und bei der Zertheilung manches
Derbe Scherzwort hören mußten.
War nun mal so Brauch vor Zeiten,
Und beim Wein, der unerschöpflich
Aus den Kannen in die Becher
Floß, erlaubte man sich Vieles.
Firne, süße, rösche Weine,
Hippokras, Claret und Morolf,
Malvasier und Muskateller
Wurden eingeschenkt, Herr Wichard
Aber hielt's mit seinem Liebling,
Mit dem goldnen Bacharacher.
Knechte in den Wappenfarben

Der Geschlechter und der Stadt
Gingen um mit Silberbecken
Bei den Gästen, und zur Waschung
Gossen sie wohlriechend Wasser
Auf die Hände, reichten Tüchlein
Auch zum Trocknen; denn die Edlen,
Die im Ueberflusse schwelgten,
Denen Wald und Strom und Garten
Ferner Länder selbst ihr Bestes
Auf die Tafel liefern mußten,
Kannten Eins nicht, dessen Mangel
Uns vorm köstlichsten Gerichte
Auf dem Tische rathlos, hilflos
Hungern ließe — eine Gabel.

Alles, was zu den Geschlechtern
Sich in Hameln rechnen durfte,
War zur Lautmerung geladen
Und mit prächtigen Gewändern
Angethan zum Fest erschienen.
Wenn die Männer an dem Leibrock
Edles Pelzwerk, Otter, Marder,
Zobel selbst und Biber zeigten,
Glänzten schier die Frau'n in Seide,
In Pfellel, Bliat und Siglat,
Palmat, Baldekin und Zindal;
Alle Regenbogenfarben,
Die mit Gold und Silberborten
Noch verzieret, prangten herrlich
An den blühenden Gestalten
Junger Frau'n und hübscher Mädchen,
Die mit den Patriziersöhnen
Schimpf und Kurzweil unterhielten.
Von den Rathsherrn nebst Familien

Und der weitesten Verwandtschaft
Fehlte keiner bei dem Feste.
Der Herr Schultheiß, Frau Gebhilde
Und Herr Wichard Gruwelholt
Saßen, wie sich das gebührte,
Auf den Ehrenplätzen, glücklich
Neben dem beglückten Brautpaar.
Sechs Stadtpfeifer — denn mehr waren
Nach der Satzung nicht gestattet —
Spielten Pfeife und Posaune,
Geigen, Clarinett und Trommel,
Und der Mädchen Zippelzehen
Hüpften flott schon in den Schuhen,
Sehnten nach dem Tanz sich endlich.
Doch die alten Herren saßen
Beim Banket wie festgeschmiedet.

Heribert, von Freude strahlend,
Trug feilfarbnen Sammt mit Zobel;
Um Regina's schönen Körper
Schmiegte sich leibfarbner Atlas;
Von dem Silbergürtel nieder
Hing ein Täschlein, Ambra duftend,
Vor der Brust saß ihr ein Fürspan,
Drauf ein Adamant erglänzte,
Und im wellig dunklen Haare
Lag wie eine goldne Schlange
Ihr der genueser Stirnreif;
Auf den Sammetschuhen aber
War der Gruwelholte Wappen
Reich gestickt in Gold und Perlen.

Heribert, du darfst wohl jubeln,
Darfst dich wohl beneiden lassen

Um die königliche Jungfrau;
Dieser hohe, schlanke Wuchs,
Diese Pracht der Jugendfülle,
Die im Glanz der dunklen Augen,
In des rothen Mundes Schwellen,
Jedes Athemzuges Wallen
Und in jeglicher Bewegung
Reiz und Anmuth sich verkündet,
Und des wundervollen Wesens
Volle, hochgemuthe Liebe, —
Ja wenn Mitgift dir und Bringat
Sich zu goldnen Bergen häuften,
Was bedeutet das, was gilt das
Neben der Geliebten Schönheit!

Und auch du, Regina, freu' dich!
Sieh ihn an, den du erkoren,
Dem du ew'ge Treu gelobtest, —
Kennst du unter allen Männern
Einen nur, der ihm vergleichbar?
Warum senkst du nun die Wimper?
Woher stammt der tiefe Seufzer,
Der sich aus der Brust dir windet?
Heut nicht fröhlich mal, Regina?
Noch nicht glücklich? was begehrst du?
Redest wenig, lächelst selten,
Und was fuhrst du gar zusammen,
Als die Thür sich eben aufthat
Und herein die Gildemeister
Mit Herrn Ethelerus traten?
Ach! Regina, ich, dein Dichter,
Ich versteh' es, und ein Andrer
Weiß es noch, der aber fehlt noch;
Fehlt er dir auch schon, Regina? —

Jene kamen als Gesandte
Aller Zünfte zum Proconsul:
Ludwig Wendehak, der Brauer,
Erich Dolenvoigt, der Beutler,
Und Jobst Grüderich, der Böttger,
Angeführt von Ethelerus.
Einen hohen Silberhumpen
Brachten sie dem Bürgermeister
Zum Geschenke als ein Zeichen
Anhänglicher Treu und Liebe.
Ethelerus war der Sprecher,
Der mit selbstverfaßtem Carmen
In gesammter Zünfte Namen
Feierlichen Glückwunsch aussprach
Und — wie schon erwähnt — Herrn Wichard
Seine Widmung überreichte.
„Füllt ihn mit Johannissegen!
Rief Herr Wichard freudig dankend,
Und aufs Wohl getreuer Zünfte
Weih' ich mit dem ersten Trunk ihn;
Laßt von Mund zu Mund ihn kreisen,
Daß ein Jeder mag bewundern
Seine feine Kunst und Arbeit
Der getriebnen Wappenschilder
Und der zierlichen Figuren.
Aber Ihr, geliebte Meister,
Nehmet Platz an unsern Tischen,
Seid willkommen heut und immer!"

Als der Jubelruf verklungen,
Den des Bürgermeisters Worte
In dem ganzen Kreis erregten,
Und sich Alle wieder setzten, —
Horch! was waren das für Klänge,

Nie in Hameln noch vernommen?
Spielleut, ihr habt solche Weisen?
Doch die Pfeifer lauschten selber
Auf die wunderbaren Töne,
Und da mitten in der Halle
Stand in schmuckem Festgewande,
Einen Epheukranz im Haare,
Stolz und frei der Rattenfänger.
Unbemerkt war er gekommen,
Und ein lieblich Vorspiel macht' er
Auf der Laute, bis im Saale
Tiefe Stille war geworden;
Dann begann, mit Zucht und Anmuth
Sich verneigend, er dies Lied:

Nun will ich mit dem reinsten Klang
Mein Saitenspiel wohl rühren,
Nun soll sich meines Liedes Sang
Die höchste Wette küren,
Daß Aller Augen auf mich schau'n,
Wenn ich die Kunst erprobe
Euch holden Mädchen, schönen Frau'n
Zu Liebe und zu Lobe.

Gegrüßet seid mit allem Preis,
Ihr Zarten, Süßen, Losen,
Ihr stolzen, schlanken Lilien weiß
Und ihr, ihr rothen Rosen!
Ihr aller Schuld ein Schirm und Dach,
Ein Schild vor allem Leide,
Voll milder Güte ein klarer Bach,
Eine schimmernde Augenweide.

Ihr seid ein edler Würzewein,
Der Liebe Ingesiegel,
Voll süßer Lust ein goldner Schrein,
Der Treue starker Riegel.
Wenn ihr euch lieb und hold mir neigt
Mit eurem Gruß und Segen,
Mir's wunniglich zu Herzen steigt
Wie duftiger Maienregen.

Und lächelt mir eu'r rother Mund,
So bin ich schon eu'r eigen,
Und was mir blüht auf Herzensgrund,
Das kann ich nicht verschweigen;
Minniglich will ich sel'ger Mann
Euch in die Augen schauen,
So lang' ich singen und sagen kann,
Will ich lieben und loben die Frauen.

Froher Beifall ward dem Sänger,
Und man trank Heil für die Schönen.
Bruno Dives' junge Gattin
Margarethe schritt holdselig
Auf ihn zu: „So wohl Euch, Meister!"
Sprach sie lächelnd und kredenzt' ihm
Einen Becher Muskateller,
„Hiermit in dem Namen Derer,
Die so preislich Ihr besungen,
Will ich Euch, Herr Spielmann, danken,
Und ich bitt' Euch, singet mehr noch!"

Schier erschrocken war Regina,
Als den Spielmann sie erblickte,
Und von ihr ersehnt doch kam er
Als ein Gast, vor allen Andern

Voller Ungeduld erwartct.
Als sie sah, wie ihre Freundin
Margarethe ihm den Becher
Grüßend schwenkte, flog ein Schatten
Um die Stirn ihr, und es zuckten
Wie in Eifersucht die Brauen.
Leise an der Laute wieder
Stimmend blickte Hunold endlich
Jetzt hinüber zu Regina,
Und sein Auge traf in ihres.
Alles Blut stieg ihr in's Antlitz;
Hunold aber spielt' und sang:

Zwei Sterne machen mich jung und alt
Und haben über mich alle Gewalt
Mit ihrem Blitzen und Blinken;
Ich weiß auch einen rothen Mund,
Ach! daran könnt' ich mich gesund
Von allen Schmerzen trinken.
Doch Eine geht dahin und lacht
Und will mich nicht verstehen,
Wie der Sommer in seiner Pracht
Nichts weiß von des Winters Wehen.

Die Vöglein singen das alte Lied,
Daß nie von Leide sich Liebe schied,
Ich schweige in sehnenden Aengsten.
Ich wollte, es käme im Abendroth
Den Weg mir entgegen der bleiche Tod
Und spräche: Nun littst du am längsten!
Wohl mag sich freuen am Sonnenstrahl
Der Frohe auf Bergesgipfel,
Ich liege klagend im schattigen Thal,
Und oben glänzen die Wipfel.

Eingetaucht in Schmerz und Wehmuth
War das Lied; Regina fühlte
Jeden Ton in ihrer Seele
Wiederhallen, alle Saiten
Ihres Innern mächtig schwingen;
Zu dem traumgewiegten Herzen
Flüsterten von Huld und Mitleid
Schmeichelnd die erregten Sinne.
Und als hätt' er das errathen,
Ließ es jetzt wie Siegesjubel
Hunold von den Strängen rauschen
Und dazu ein innig Werben,
Süß wie Minnedank, ertönen.

Steige auf, du goldne Sonne,
Aus der sturmdurchrauschten Fluth,
Lodre, heiße Liebeswonne,
Brich hervor, verhaltne Gluth!
Ohne Wanken, ohne Schwanken
Eine Lust nur und ein Leid
Wohnt in Wünschen und Gedanken
Und nur eine Seligkeit.

Was auf Erden lebt und webet,
Und was wandelt durch den Raum,
Was die Welle senkt und hebet,
Und was singt und klingt im Traum,
Alles Wehen, alles Stehen
In des Lebens großem Haus,
Alles Werden und Vergehen
Haucht der Liebe Athem aus.

Soll ich leben, muß ich lieben,
Und, Geliebte, höre mich:
Lieber aus der Welt vertrieben
Als darin sein ohne dich!

Wie aus Bahnen laß mich ahnen
Aus den Augen mein Geschick,
Wie der Liebe leises Mahner
Dulde meinen stummen Blick

Bang, in steigender Verwirrung
Sah Regina vor sich nieder.
Hunold's Stimme rief sie lockend
Mit verführerischem Klange,
Zog sie mit Gewalt der Sehnsucht,
Und durch die geschlossnen Lider
Fühlte sie doch seine Blicke
Flammensprühend sich umlohen.
Aber als das Lied verklungen,
Und befreit den Blick sie aufschlug,
Schaute sie den Sänger nicht mehr.
Hastig trank sie, und in Unruh
Lehnte sie an Heribert sich,
Kraft und Schutz bei ihm zu suchen
In dem Kampfe der Gefühle,
Der sie fieberheiß durchtobte.
Doch sie fand nicht Halt und Stütze;
Heribertus war von Freunden
Viel umschwärmt, und Jeder heischte
Mit dem neuen Rathsbaumeister
Und der Bürgermeistertochter
Einen Ehrentrunk besonders;
Zwingen mußte sich Regina,
Red' und Antwort stehn und lächeln.
Steuerlos im Sturme trieb sie
Auf den hochempörten Wogen
Einer Leidenschaft, die wachsend
Wie des Meeres Fluth hereinbrach. —

In des Festes Glanz und Freuden
Schwirrten oft die frohen Gäste
Plaudernd, scherzend durch einander,
Wechselten am Tisch die Plätze,
Und in immer neuen Gruppen
Saßen sie beim Wein zusammen.
Da der Schultheiß mit Herrn Wichard
Und den ältesten der Rathsherrn,
Dort die Mütter und Matronen,
Hier die immer heitre Jugend.
Amelung de Oldendorpe,
Thidericus de Emberne
Und der Graf vom Schwalenberge
Tranken einig mit einander
Aus dem größten der Pokale,
Der aus Silber reich geschmiedet,
Und den einst der Abt von Fulda
Schenkte, als sein Bruder Otto
Vogt geworden war in Hameln.
Um Herrn Steneken vereinten
Sich der Zünfte Abgesandte,
Und der lust'ge Rathstuhlschreiber
War umringt von einem Kranze
Junger Frau'n und hübscher Mädchen,
Die des alten Junggesellen
Witz und spaßige Geschichten
Stets ergötzten; sie begehrten
Mit dem Spielmann selbst zu reden,
Denn er hatt' in ihren Herzen
Durch sein Singen und sein Wesen
Einen Platz sich schon erobert,
Daß sie nicht zu jener Klasse
Elend Fahrender ihn zählten,

Die verfehmt und ehrlos waren;
Ethelerus winkte Hunold,
Der im Kreise willig Platz nahm
Und von seinen weiten Fahrten
Mancherlei berichten mußte.
Adelheid de Oldendorpe
Frug ihn nach der Tracht der Frauen
Fern im Reich und an den Höfen;
Ludovika Senewolde
Forschte nach des Sängers Herkunft,
Und schön Anna Hogeherte
Wollte wissen, wen von allen
Den berühmten Minnesängern
Er gesehn, und welchem Meister
Er der Lieder Kunst verdanke;
Aber Margarethe Dives
Ließ sich's als ihr Amt nicht nehmen,
Stets von Neuem ihm den Becher
Mit dem besten Wein zu füllen.
Jetzt herzu kam der Herr Stiftsprobst:
„Ei, ei, ei! Herr Secretarius,
Scherzt' er, Vorsicht bei den Frauen!
Habt mir meinen lieben Isfried
Schrecklich eingeseift mal wieder;
Keines Menschen Kraft vermochte
Ihn zur Mette aufzurütteln,
Und er schnarchte so entsetzlich,
Daß ich dacht', es wär sein Letztes."
„Sagt' ich's nicht? sprach Ethelerus,
Fragt den Spielmann nur, Hochwürden,
Der Kanonikus doch meinte,
Daß man in dem Stiftskonvente
Es ganz anders noch gewohnt sei."
Den Herrn Probst enthob der Antwort

Jetzt ein Stücklein, das die Pfeifer
Wieder nun zum Besten gaben.

In den Kreis dann trat Regina,
Die es nicht mehr auf dem Platz hielt;
Zwischen Adelheid und Anna,
Hunold gegenüber ließ sie
Schnell sich nieder, doch die Augen
Wagte kaum sie zu erheben.
„Sollen wir denn noch nicht tanzen?
Schmollte Anna, wenn der Spielmann
Weiß so schön zum Tanz zu spielen
Wie zu singen, möcht' ich wohl ihn
Auch auf seiner Fiedel hören."
„O ich merkt' es längst schon, Anna,
Hast nicht Ruh mehr auf dem Schemel,
Neckte Adelheid, und möchtest
Dich mit Konrad de Golterne
Drehn, so lang der Athem aushält,
Doch ich hörte gern ein Lied noch."
„Ja, ein Lied, ein Lied noch, Meister!"
Rief es da von allen Seiten.
Hunold blickte auf Regina,
Die zum Wort die Lippen regte,
Aber keines sprach und zitternd
Ihn mit tiefem Blicke ansah,
Den in heißester Erregung
Sie nicht mehr vom Sänger wandte.
Hunold schien mit sich zu kämpfen,
Und als kost' es Ueberwindung,
Schwankt' und zögert' er, dann aber
Wie zu einer That entschlossen,
Stand er auf, nahm seine Laute,
Trat zurück, griff in die Saiten,

Und nach einem kurzen Vorspiel
Dunkeler Akkorde sang er:

Du rothe Rose auf grüner Heid',
Wer hieß dich blühn?
Du heißes Herz in tiefem Leid,
Was will dein Glühn?
Es braust der Sturm vom Berg herab,
Dich knickt er um;
Es gräbt die Liebe ein stilles Grab,
Du bist dann stumm.

Denk nicht an Tod, an Leben denk
In Lieb und Lust,
Dich selber wirf als dein Geschenk
An meine Brust.
Ich weiß es ja, daß du mich liebst
In Ueberfluß,
O Seligkeit! wenn du mir giebst
Den ersten Kuß.

Geschrieben steht am Sternenzelt,
Du wärest mein;
Was fragt die Liebe nach der Welt
Und ihrem Schein?
Um meinen Nacken schling den Arm,
Preß Mund auf Mund,
Ruhst anders nicht so süß und warm
Im weiten Rund.

Versink, vergiß im Wonnerausch
Der Erde Zeit,
Giebst für den Augenblick in Tausch
Die Ewigkeit.

13*

Komm! daß du meine Sehnsucht stillst,
O Königin!
Und wenn du meine Seele willst,
So nimm sie hin!

Von tiefinnerster Bewegung
Hingerissen, schlug die Laute
Er beim Schluß so übermächtig,
Daß mit schrillem Ton die Saiten
Auf dem Instrumente sprangen,
Und es heftig von sich schleudernd
Oeffnet' er mit heißem Blicke
Auf Regina weit die Arme.
Da — begab sich Unerhörtes,
Was den Gästen Blut und Athem
Stocken macht' im Nu — Regina
Hob mit leuchtendem Gesichte
Und an allen Gliedern bebend
Sich von ihrem Sitz, schritt vorwärts,
Warf sich an die Brust dem Sänger
Und umschlang ihn liebeglühend.
In berauschend langem Kusse
Hielt er innig sie umfangen,
Und die stolze Lust des Siegers
Funkelte in seinen Augen,
Als er mit erhobnem Haupte
Ueber die Versammlung blickte.
Eh' von Staunen und Entsetzen
Die Gesellschaft sich erholte,
Stürzte angstvoll Dorothea
Jetzt herein, blieb wie versteinert
Mit weit aufgerissnen Augen
Stehen; keines Wortes mächtig,
Hielt sie, wie man bösen Geistern

Hält das Kruzifir entgegen,
Die geschnitzte Bilsenwurzel
Vor den Spielmann hin, der trotzig
Auf die Ungerufne starrte.
Heribert war aufgesprungen
Und entriß die Braut dem Andern
Sie mit liebevollem Zuspruch
In die treuen Arme schließend.

Noch war nicht gelöst das Räthsel;
Bald auf Hunold und Regina,
Bald auf Dorothea lenkten
Fragend sich die Blicke Aller.
Und die Alte brachte schluchzend
Nun hervor mit vielem Stottern:
„Vor der Linde warf ein Maulwurf
Auf, und unsre Hühner scharrten
Aus dem Hügel diese Wurzel,
Jagten schreiend sich im Garten,
Bis das Ding ich ihnen abnahm,
Sah, daß es ein Liebeszauber,
Ein verruchtes Herenkunststück;
Das hat etwas — Unheil ahnend
Lief ich her — der ist's gewesen!
Seht ihn an, den Gottverfluchten!"
Durch den Saal mit lautem Angstruf
Flüchteten die Frau'n zusammen,
„Wafen! Wafen!" schrie'n die Männer,
Stürzten drohend auf den Spielmann,
Klingen fuhren aus der Scheide,
Und er selber griff zum Dolche.
Doch der Schultheiß trat dazwischen,
Gruwelholt und Ethelerus
Stellten schützend sich vor Hunold,

Und es rief der greise Schultheiß:
„Halt! ich bann' ihn! greift dem Richter
Nicht in's Schwert, der Schuld und Unschuld
Mißt und wägt in Kaisers Namen!
Stadttrabanten, schließt in Eisen
Diesen Mann und werft in Thurm ihn."

XVI.

Leid.

Nun im Kerker lag der Spielmann.
Kein lebendig Wesen nahte
Dem Verstrickten; keine Ratte,
Nicht einmal ein spielend Mäuschen,
Die vorher den Thurm bevölkert,
Kürzten ihm die bangen Stunden.
Ganz allein mit den Gedanken
Und dem Rasseln seiner Ketten
Lag er auf des Rathes Gnade.
In des Tages Schneckengange
Mußt' er nur an Gertrud denken,
Die er elend und verlassen
Und an aller Lieb' und Treue,
Jammervoll verzweifelnd wähnte.

Wenn jedoch der letzte Schimmer
Von dem trüben Dämmerlichte,
Das sich in den Kerker einschlich,
Endlich vollends war erloschen
Und sich dichte, rabenschwarze
Finsterniß rings um ihn ballte,
War es ihm, als ob zwei Augen,
O zwei fürchterliche Augen
Ihn mit einem Blicke ansahn,
Den er nicht ertragen konnte,
Und dem er umsonst doch auswich;
Wie er sich auch dreht' und wandte,
Fest die eignen Lider zuschloß,
Ueberall, aus jedem Winkel
Blickten diese starren Augen.
Fröste schüttelten den Starken,
Schweiß bedeckte seinen Körper,
In des Hirnes Fieberwahnsinn
Stand vor ihm in Nacht und Grausen
Der Geharnischte vom Markte,
Roland ging ihm nach und drohte,
Drohte wieder mit dem Schwerte.
Grabgedanken. Todesschauer
Kamen über Hunold, vor sich
Sah er seines Lebens Ende;
Aber welchen Tod zu sterben,
Welche Folterqualen waren
Zu erdulden ihm bestimmt noch?
„Gertrud! Gertrud! giebt es Rettung,
Rief er, rette deinen Sänger!"

Gertrud aber rang mit Schmerzen,
Wie ein Menschenherz sie bittrer
Nicht empfinden kann; der Morgen

Fand sie trostlos auf dem Lager,
Und am Tage schlich verwandelt
Sie einher in dumpfem Trübsinn.
Hunold war ihr untreu worden,
Hatte mit der Hölle Mächten
Sich verbunden, einer Andern
Liebe heimlich zu gewinnen,
Hatte ihres Lebens Hoffnung,
Ihres Glückes Stern vernichtet,
Ihr das junge Herz gebrochen.

Doch dem Mann, der sie betrogen,
Hielt sie selber noch die Treue,
Liebt' ihn noch in der Verzweiflung.
Tag und Nacht auf seine Rettung
Sann sie; aber welche Wege
Standen ihr, der Armen, offen?
Ach! des Thurmes dicke Mauern
Konnten ihre schwachen Hände
Nicht durchbrechen und die Wächter
Vor der fest verschlossnen Thüre
Nicht bewält'gen, nicht bestechen.
Wirre, hoffnungslose Pläne,
Aus des Herzens Angst geboren,
Stiegen in ihr auf, sie wollte
Gnade flehend bald dem Schultheiß,
Balde auch dem Bürgermeister
Weinend sich zu Füßen werfen,
Wollte zu Regina laufen
Und von ihr, der sie Verführung
Und die meiste Schuld am Unheil
Zuschrieb, vorwurfsvoll und drohend
Den Geliebten wiederfordern.
Selbst an den von ihr Verschmähten,

An den Schmied und seinen Beistand
Dachte sie, der sie ja liebte;
Doch der mußte Hunold hassen,
Den beglückten Nebenbuhler.
So im nächsten Augenblicke
Rissen all die schwachen Fäden,
Die sie zur Befreiung ausspann.
Nur ein Schritt noch, ein verlorner
Blieb ihr, hin zu Ethelerus,
Dem Rechtskundigen, Erfahr'nen,
Ging sie, ob er Rath nicht wüßte.
Des Geliebten Leben retten
Sollt' ihr Letztes sein auf Erden,
Ohne seine Liebe leben,
War zu denken ihr unmöglich.

XVII.

Ich schreie
Und feie
Für Freie
Und Knecht
Mit Grunde
Im Munde
Zur Stunde
Um Recht.

Ich frage
Und trage
Die Klage
Als Frohn,

Ich zünde
Und künde
Der Sünde
Den Lohn.

So mit ehern lauter Stimme
Rief die Glocke des Gerichtes.
Samstags Morgen war's, der Himmel
Wölbte sich so blau und heiter,
Und die Sonne schien so strahlend,
Als ob heut' sie alles Dunkle,
Wär's auch noch so fein gesponnen,
An den Tag zu bringen hätte.
Vor dem Thor auf eines Hügels
Flachem, weitgedehnten Rund
Stand ein Hagedorn, die Aelt'sten
Kannten ihn grad so wie heute
Schon seit ihrer Kindheit Tagen.
Aber älter als der Baum noch
Und aus hartem Stein gehauen,
Nach der Sonne Aufgang schauend
Waren Sitz und Tisch darunter.
Das war die Gerichtsstatt Hameln's.
Abgesteckt durch Haselgerten
War ein Ring mit rothem Faden,
Mehr geschützt vor Volkes Andrang,
Als durch feste Eisenschranken,
Denn geheiligt war die Hegung.

In dem Ring, dem Sitz zur Rechten
Stand der Kläger mit den Zeugen,
Wichard Gruwelholt mit sieben
Eideshelfern, die als Gäste
Bei der Lautmerung gewesen.

Heribertus und Regina
Waren schnell versöhnt in Liebe,
Denn der Zauber war gebrochen,
Und Herr Wichard sah der Zukunft
Dieses Paars getrost entgegen.
Doch den fremden Rattenfänger
Hatte er dem Rath empfohlen,
Mit ihm den Vertrag geschlossen,
Ihm den Sold versagt und endlich
Ihn zur Lautmerung geladen.
Diese folgenschwere Kette,
Deren letztes Glied des Spielmanns
Nahes Ende werden mußte,
Lastete ihm auf der Seele,
Und der Freunde warmer Zuspruch
That ihm wohl; sie mahnten dringend
Ihn an die gekränkte Ehre
Als Geschlechterherr und Vater
Und erleichterten ihm sichtlich
Seine reuigen Bedenken.
Zu des Richterstuhles Linken
War die Bank der sieben Schöffen.
Sie auch trafen nach einander,
Herrn vom Rath und Gildemeister,
Auf der Stätte ein, der Ersten
Einer war Herr Ethelerus;
Bald den Einen, bald den Andern,
Wie sie kamen, nahm bei Seit' er,
Auf sie ein mit Nachdruck redend;
Doch sie schüttelten die Köpfe.
Hinterm Schöffensitze hielt sich
Isfried Rhynperg, in den Zügen
Tiefen Ernst; er war gekommen,
Um des Glaubens letzte Tröstung

Dem verlornen Mann zu spenden.
Ganz abseiten, rings gemieden
Lag der Henker mit den Knechten.

In den Ring jetzt trat der Schultheiß,
Grüßte schweigend, sprach mit Niemand,
War geharnischt und behandschuht,
Hielt den weißen Stab in Händen,
Zog sein Schwert und legt' es vor sich
Auf den Tisch, ließ dann sich nieder
Auf den Stuhl und schlug nach Vorschrift
Uebers linke Bein das rechte.
Nun zum Zeichen, daß Beklagter
Auf dem Weg sei zum Gerichte,
Klang zum zweiten Mal die Glocke.

   Ich lade
   Zum Pfade
   Der Gnade
   Und Huld,
   Ich zwinge
   Und bringe
   Zum Dinge
   Die Schuld.

   Ich hege
   Und lege
   Zu Wege
   Den Rath,
   Ich schlichte
   Und richte
   Zu nichte
   Die That.

Auf dem Hügel um den Ring
Hatten die Bewohner Hameln's
Sich zu Tausenden versammelt.
Nicht ein müßig Schauspiel galt es,
Nur um sich den armen Sünder
Anzusehn, wie seit Uralters
Manchem hier der Spruch gefällt war
Jeder Einzelne, der heute
Auf der Schöffen Urtheil lauschte,
Fühlte selber sich beleidigt
Und begehrte nun Vergeltung;
Soviel Harrende zur Stelle,
Soviel Kläger auch und Gegner
Standen einig wider Hunold;
Denn sie frugen sich und meinten,
Welches Bürgers Frau und Tochter
Sei vor Höllenkünsten sicher,
Die selbst ein Geschlechterfräulein
In des Spielmanns Arm geliefert.
Wie auch Neid und Schadenfreude
Ueber Wohl und Weh der Reichen
Sich im Volke manchmal kundgab,
Gegen dieses Fremden Unthat
Hielten in geschlossnen Reihen
Vornehm und Gering zusammen,
Allen für die Ehre Hameln's
Galt sein Tod als einz'ge Sühne

Und jetzt kam er; Ketten tragend,
Von Gewappneten umgeben,
Schritt er klirrend durch die Menge,
Die ihm scheu und finster auswich.
Bleich, doch ungebrochen aufrecht,
Einsam, keinen Freund zur Seite

Stand er nun im Ring vorm Richter.
Jetzt zum Anfang des Gerichtes
Klang zum dritten Mal die Glocke.

Ich banne
Die Schranne
Und spanne
Die Bank,
Ich drohe,
Die Hohe,
Mit Lohe
Und Strang.

Ich härte
Dem Schwerte
Zu Werthe
Den Muth,
Ich stehe
Und gehe
Mit Wehe
Ans Blut.

Todtenstill ward's, als der Schultheiß
Nun mit dem Gerichtsstab klopfte,
Und er sprach mit lauter Stimme:
„Schöffen auf der Bank, ich frage:
Ist es jetzt an Jahr und Tag,
Weil' und Zeit, Gericht zu hegen?"
Antwort kam von Ethelerus:
„Ja, es ist so hohen Tages,
Und es steht so hoch die Sonne,
Daß, wenn Ihr von Gott die Gnade
Und vom Kaiser die Gewalt habt,

Ihr gerechtes Ding mögt hegen."

„Ist die Bank gespannt? genugsam
Auch der Stuhl besetzt zur Hege?"

„Ja, der Stuhl ist ganz, wie Nothdurft
Es zur rechten Hegung fordert."

„Also bann' ich und gebiet' ich
Hiermit des Gerichtes Frieden!
Kläger, schreie deine Klage."
Gruwelholt trat vor nun, legte
Die geschnitzte Bilsenwurzel
Auf den Tisch und sprach: „Ich klage,
Klage, klage! dort der Fremde
Hat mit diesem Liebeszauber
Und verfluchten Hexenkünsten
Meiner Tochter Leib und Seele
Frevelhaft verführen wollen;
Läugnen kann er's nicht, hier stehen
Sieben unbescholtne Zeugen,
Stabt den Eid uns, wir beschwören's."
Da erhob sich Ethelerus:
„Woher wißt Ihr denn so sicher,
Daß den Zauber aus der Wurzel
Just der Fremde hier geschnitzt hat?"
„Daher, sprach der Bürgermeister,
Daß er Nachts, bevor es wirkte,
Ist auf meinem Hof gewesen,
Denn da hing am frühen Morgen
Schon der todte Rattenkönig,
Und kein Andrer konnt' ihn fangen."
„Selber war ich Zeuge, Kläger,
Sprach der Richter, wie der Zauber
Auf der Lautmerung die Jungfrau
Ganz umstrickte, daß dem Fremden
Sie zu eigen werden mußte. —

Hunold Singuf, sprach er weiter,
Schein ist blickend, That ist handhaft,
Wie wollt Ihr von solcher Sünde
Euch vor Gott und Menschen rein'gen?"
Hunold schwieg, stand unbeweglich.
„Laßt den Wasenmeister machen,
Thut ihm weh mit scharfer Frage!"
Sprach ein Schöffe, „Gottesurtheil!
Feuerprobe!" riefen andre;
„Umgestülpt laßt eine Schüssel
Auf den bloßen Leib ihm binden,
Rieth ein Dritter, und darunter
Setzet ein lebendig Mäuslein,
Gebt mal Acht, wie bald er losdrückt!"
Hohnerfüllten Blickes wandte
Hunold sich zur Bank, als dächt' er:
„Wenn ihr nur ein Mäuslein hättet!"
Da erkannt' er in dem Sprecher
An der Schmarre im Gesichte
Seinen Todfeind Wulf; aufzuckte
Ihm der Arm, die Ketten klangen.
„Zeugen, wollt den Eid Ihr schwören?"
Frug der Richter, — „ja, wir wollen!"
Und der Richter stabte ihnen
Gegen die allseh'nde Sonne
Nun den Eid; die Sieben legten
Hut und Waffen nieder, knieten
Auf die Erde hin und schwuren.
Wieder sprach jetzt Etheleruz:
„Habt Ihr Sieben auch geschworen,
Doch behaupt' ich, daß der Spielmann
Nicht der Jungfrau Leib und Seele
Hat zu Grunde richten wollen.
Wie Ihr den bedungnen Sold ihm

Für den Rattenfang geweigert,
Da erbat er einen Kuß nur
Von des Bürgermeisters Tochter,
Und als ihm auch der gewehrt ward,
Wollt' er mit besondern Künsten
Ihn erzwingen; er gebrauchte
Zauberkräfte, aber weiter
Ging nicht seines Herzens Trachten,
Als mit dem Triumph des Kusses
Sich an Edlem Rath zu rächen."
„Schöffe Ethelerus, sagte
Ernst und streng der greise Schultheiß,
Was in Menschenherzen vorgeht,
Der Allwissende nur weiß es;
Er in seiner ew'gen Gnade
Möge Wunsch und Willen prüfen,
Doch der Richter hier auf Erden
Wägt die Schuld und rächt Gescheh'nes.
Schöffen auf der Bank, ich frag' Euch:
Ist der Mann da vor Euch schuldig,
Mit geheimen Hexenkünsten
Nach des Bürgermeisters Tochter
Herz und Sinn gezielt zu haben?"
„Schuldig!" sprachen sechs von sieben,
Ethelerus einzig schwieg.
Da vom Sitz stand auf der Richter
Unterm Hagedorn; mit Würde
Nahm er seinen Hut vom Haupte,
Und die Tausend auf dem Hügel
Fielen alle auf die Kniee,
Während er das Urtheil kundgab,
Nur die Schöffen blieben sitzen.
Also sprach Herr Sunneborne:
„Singuf, höre deinen Spruch jetzt;

Nennst dich Hunold, Unhold bist du!
Ich verfehme und verführe
Dich in Königsbann und Wette,
Friedensbrecher du! ich werfe
Aus dem Frieden dich in Unfried,
Setze dich aus allen Rechten
In das allgemeine Unrecht,
So daß Niemand an dir frevelt,
Und wo Alle Frieden haben,
Sollst du keinen Frieden haben,
Nicht zu Wasser, nicht zu Lande,
Nicht zu Schiffe, nicht zu Klippe,
Nicht zu Fuße, nicht zu Rosse,
Nicht im Hause, nicht im Grabe.
Ich vermaledei' und künde
Dich von heut' auf ew'ge Tage
Ehrlos, wehrlos, echtlos, rechtlos,
Soweit über grüner Erde
Sonne auf= und untergehet,
Mond scheint, Regen sprüht und Schnee schmilzt,
Reif starrt, Donner rollt und Blitz fährt,
Schiffe schreiten, Schilde blinken,
Feuer brennt und Feder flieget,
Wasser geht zur See und Männer
Korn sä'n in die braune Scholle,
Soweit Kind schreit nach der Mutter,
Mutter Kind gebiert, der Himmel
Hoch sich wölbt, die Welt gebaut ist,
Föhre wächst und Habicht flieget,
Und am langen Frühlingstage
Unter beiden seinen Flügeln
Steht der Wind, der graue Wald
Auf den Bergen braust im Sturme,
Krummer Bach im Thale rauschet,

Rost'ger Spieß trifft, Mann daher kommt,
Christenmenschen gehn zur Kirche,
Heidenleut' in Tempel opfern,
Sterne wandeln, Erde feststeht. —
Ich verdamme dich zum Tode,
Auf dem Holzstoß sollst du brennen,
Deinen Leib soll Feuer fressen,
Gott sei deiner Seele gnädig!"

„Gnädig!" rief zurück das Echo
Durch die stille Morgensonne
Und das athemlose Schweigen.
Hunold wankte, seine Kniee
Bebten ihm; da aus der Menge
Drängte sich ein Weib und stürzte
In den Ring hinein zu Hunold.
Gertrud war es; ihre Rechte
Auf des Spielmanns Schulter legend
Rief sie laut hinan zum Stuhle:
„Er ist mein! gebt mir sein Leben!
Als mein gutes Recht hier fordr' ich's!"
Heldenmüthig stand das Mädchen
Plötzlich wie empor gewachsen
Ueber ihres Leibes Größe;
Heftig auf und nieder stürmte
Ihr die Brust, mit offnen Lippen,
Todesangst im stieren Blicke,
Sah sie auf den strengen Richter.
Lautes Murren brach und rollte
Mächtig schwellend aus der Menge.
Doch den Stab erhob der Schultheiß:
„Ruhe! donnerte der Alte,
Weh und Waffen, wer den Frieden
Des Gerichts zu stören wagte!

Wißt, in ihrem guten Rechte
Ist die Magd, sie kann das Leben
Des Verdammten billig fordern,
Und nach König Karl's Gebot
Kann ich nimmer ihr es weigern,
Doch sie nimmt die Missethat
Mit aufs eigene Gewissen.
Forderst, Mädchen, du das Leben
Und die Freiheit dieses Mannes?"
Gertrud nickte bloß. — "Dann, Singuf
Bist du frei; in Kaisers Namen
Sprech' ich dich der Strafe ledig,
Und es darf bei Bann und Buße
Niemand sich an dir vergreifen;
Doch Urfehde sollst du schwören,
Schub und Tag will ich dir geben
Bis zum dritten Hahnenkraht;
Wer danach dich trifft, der könnte
Dich erschlagen ohne Rüge;
Willst du dich von hinnen schwören?"
"Ja!" sprach Hunold; da umschlang ihn
Gertrud, und nach einem langen,
Thränenüberströmten Blicke
Rief sie: "Fahrewohl auf ewig!" —
Eilend schwand sie im Gedränge;
Hunold wollte sie wohl halten,
Doch ihn fesselten die Ketten,
Die man langsam nun ihm abnahm.
Gegen die allseh'nde Sonne
Stabte ihm den Eid der Richter,
Nach dem dritten Hahnenkraht
Hameln's Bild und Bann zu meiden.
Den Gerichtsstab warf der Schultheiß
Auf den Tisch, das Schwert dann steckt' er

In die Scheide, und zu Ende
War die Hegung, frei der Spielmann.

Hin zu seinem guten Engel,
Seiner Retterin, zu Gertrud
Trieb es ihn auf heißen Sohlen,
Ihr auf seinen Knien zu danken
Und mit seiner ganzen Liebe
Ihr die stolze That zu lohnen.
Neu geschenkt war ihm das Leben,
Offen lag die Welt jetzt vor ihm,
Einen Strich durch das Vergangne!
Und nur fort von hier mit Gertrud,
Um des oft geträumten Glückes
Seligkeit in weiter Ferne
Mit des Vaters frommem Segen
Zu erringen, zu genießen.
O wie schlug das Herz dem Spielmann!
O wie trank die Luft der Freiheit
Er mit tiefen Athemzügen
In dem Sturmschritt zur Geliebten!

Doch des Fischers Haus und Garten
Waren leer, nicht in der Laube,
Nicht im Stübchen fand er Gertrud;
Da durchzuckt ihn bange Ahnung, —
Fahrewohl auf ewig! rief sie, —
Ach! sie liebt dich ja, und Alles
Klärst du ihr nun auf, so sprach er
Zu sich selber, Alles wendet
Sich zum Guten, — fliege, Hoffnung,
Wie der Falke über Wolken! —

Schritte nahen; an der Pforte
Tritt der alte Fischermeister

Ihm entgegen, trägt auf Armen
Wassertriefend seine Tochter,
Die er aus des Stromes Wellen
Aufgefischt, zu spät, als Leiche. —
Wie vom Blitz gerührt steht Hunold,
Schreckensstarr, das Ungeheure
Nicht begreifend, faßt zur Stirne:
Gertrud todt! und deinetwegen,
Deinetwegen starb sie, glaubte
Untreu dich — der Liebeszauber
Und Regina's Kuß — o Irrthum,
Welch' ein Meisterstück der Hölle!

Aus des alten Mannes Armen,
Der mit leisem Wimmern machtlos
Ganz zusammenbrach im Schmerze,
Nimmt der Spielmann die Geliebte,
Legt auf Gras und Klee sie nieder;
Doch kein Laut, kein Ton der Klage
Kommt von seinen bleichen Lippen,
Wie er über sie gebeugt liegt.
Endlich aber, endlich rafft er
Sich empor auf seine Kniee,
Und mit schrecklichem Gesichte
Gertrud's Hand in seine nehmend
Droht er mit der Faust zur Stadt hin:
„In die Hand der Todten schwör' ich
Rache dir, verfluchte Stadt!
Hast mein Liebstes mir genommen,
Nehmen will ich dir dein Liebstes!"

Der Ausgang d Kinder.

Sonntag war es; in des Stiftes
Weiter, hochgewölbter Kirche
War versammelt die Gemeinde.
Schüler sangen; auf der Kanzel
Stand des Stiftes bester Redner:
Isfried predigte; ein Andrer,
Ganz ein Andrer war er heute
Im Ornat, als dort im Keller
Neulich bei dem Malvasier.
Freien, unerschrocknen Geistes
Herberg war der mächt'ge Körper;
Luft und Leid des Menschenherzens,

Weltlich Treiben, geistig Forschen
Und des Lebens Kampf und Kurzweil
Kannt' und liebte dieser Streiter.
Ihm war Redekunst gegeben
Wie nur Wenigen vergönnt war,
Seine Stimme hallte dröhnend,
Klang dann wieder weich und milde;
Was er sprach, kam ihm vom Herzen,
Und zu allen Herzen ging es.
Nicht mit Höllenstrafen droht' er,
Nicht mit Schreckensbildern mahnt' er
Zu der Tödtung alles Fleisches,
War kein Heil'ger, wollt' es nicht sein,
Wußte nichts von Pfaffenhochmuth,
Ging als Mensch mit andern Menschen.
Heute von der Liebe sprach er,
Wie Sankt Paulus den Corinthern
Caput dreizehn einst geschrieben:
Und ob ich mit Menschenzungen,
Ob mit Engelzungen spräche,
Hätte aber nicht der Liebe,
Wär' ich doch ein tönend Erz nur;
Wüßt' ich jegliches Geheimniß,
All' Erkenntniß, hätte Glauben,
Daß ich Berge rücken könnte,
Wär' ich doch nichts ohne Liebe;
Wissen, Weissagung, Erkenntniß
Höret auf und ist nur Stückwerk,
Nimmer höret auf die Liebe;
Glaube, Hoffnung, Liebe bleibet,
Doch das Größte ist die Liebe. —
Und der Geist der Liebe schwebte
Durch die hohen Kirchenhallen.
Aber draußen durch die Gassen

Ging der böse Feind und säte
Unkraut zwischen all den Weizen.
Während in der heil'gen Dämmrung
Die Gemeinde Knie und Stirne
Vor dem Unsichtbaren beugte,
Schritt am hellen, lichten Tage
Hunold durch die Gassen Hameln's,
Und auf der Schalmeie blies er
Eine zauberstarke Weise.

Doch wen sollten diese Töne
Noch verlocken? Maus und Ratte
Gab es nirgend in der Stadt mehr,
Die erwachsenen Bewohner
Waren alle in der Kirche,
In den Häusern nur die Kinder,
Und die horchten auf und kamen
Jubelnd an die Thür gelaufen.
Sie erkannten schon von weiten
Ihres Lieblings helle Pfeife,
Freuten sich, wie sie ihn sahen,
Ihren Freund, für dessen Leben
Gestern noch die jungen Herzen
Bang gezittert, leis' gebetet.
Ach! sie wußten, seines Bleibens
War nicht länger mehr in Hameln.
Heute wohl zum letzten Male
Spielt' er ihnen noch ein Stücklein
Wie zum Abschied, und so lieblich
Hatte er noch nie geblasen.
O das klang so süß, so lockend
Wie zum Spielen und zum Tanzen,
Wie zum Lachen und zum Singen,
Und er nickte ihnen Allen

So vertraulich, so herzinnig
In die hellen Kinderaugen,
Und da wollten sie noch einmal
Ihren lieben, guten Bundting
Durch die Stadt zum Thor geleiten.
Aber eingedenk der Strafe,
Die den Ungehorsam rächte
Gegen das Gebot der Eltern,
Ja das Haus nicht zu verlassen,
Wagten Wen'ge nur zu folgen.
Doch das böse Beispiel wirkte;
Es gesellten mehr und mehr sich,
Und sie winkten und sie riefen
Die Genossen und Gespielen,
Die verlegen noch und zweifelnd,
Mit dem Fingerchen im Munde
An den offnen Thüren standen
Und den Andern sehnend nachsah'n.
Gar zu lockend klang die Pfeife,
Gar zu fröhlich waren Alle,
Die schon mit dem Spielmann zogen.
Ach! den mächt'gen Zauberklängen
Konnten sie nicht widerstehen,
Alle, Alle mußten folgen
Mit Gewalt, da war kein Halten,
Und mit einem flinken Satze
Kamen schnell sie nachgesprungen,
Freudejauchzend aufgefangen;
Hand an Hand gefaßt, die Arme
Um die Nacken sich geschlungen
Zogen sie dahin und sangen.

Welch ein Bild! voran der Spielmann,
Bunt gekleidet und geschmückt heut

Reich mit Ketten und dem Gürtel,
Daran lust'ge Schellen klangen,
Und ihm auf den Fersen folgend
Kinderschaaren, Knaben, Mädchen,
Blond und braun, flachsköpfig, lockig,
Reich gekleidet oder ärmlich,
Manche halb nur angezogen.
Wenn die Großen wie im Schleifschritt
Nach dem Takte sich bewegten,
Trippelten die Kleinsten ängstlich
Hinterher, um mitzukommen;
Ob auch Manches stolpernd hinfiel,
Schnell stand's auf, den Ellenbogen
Rieb sich's, und dann lacht' es wieder.
Immer aber wuchs der Haufen,
Immer klang die holde Weise
Aus des Spielmanns Rohrschalmeie,
Und durch alle Gassen ging es,
Schon an's Osterthor gekommen
War der Zug; — geht's dahinaus denn?
Auch zur Stadt hinaus, ihr Kinder?
Aber Hunold winkte lächelnd,
Und nun sang er gar zur Fiedel:

Da hinter dem Berge, da funkelt ein Schloß
Mit Höfen und Brücken und Zinnen,
Da spreizen sich Pfauen, da wiehert manch Roß,
Und herrlich wohnt es sich drinnen;
Halb ist es von Marmel, und halb ist es doch
Von Zucker und Marzipane,
Die Treppen so breit und die Säle so hoch,
Vom Thurme weht eine Fahne.

Da sprechen die Thiere wie Menschen so klug
Da nicken die Blumen und singen,
Da giebt es zu essen und Spielzeug genug
Zum Lachen und Tanzen und Springen,
Die prächtigsten Puppen und Reisen und Ball
Und Panzer und Speere und Stecken,
Da tummeln sich Vögel im Haus von Krystall
Und Fischlein in silbernen Becken.

Im prunkenden Saale auf goldenem Thron,
Umgeben von lustigen Leutchen,
Da sitzt ein blondlockiger Königssohn
Mit seinem Prinzessin Bräutchen;
Viel schelmische Knaben und Mädchen so schön,
Die schlingen und führen den Reigen,
Und immer und immer ein lieblich Getön
Von Zimbeln und Harfen und Geigen.

Da hinter dem Berg, da hinter dem Berg,
Da wird euch im Schlosse nichts fehlen,
Da wartet euch auf ein niedlicher Zwerg
Und bückt sich und frägt nach Befehlen.
Bald seht ihr vom Schlosse das blinkende Dach,
Euch reuet wohl nimmer die Reise,
Kommt, kommet, lieb Kinde, und folget mir nach
Ganz heimlich und stille und leise.

Wie zu Ende war das Liedlein,
Sang er wieder es von vorn;
Und der Kinder Augen glänzten,
Ihre Wangen blühten rosig,
Und sie flüsterten und lauschten,
Folgten gern dem lust'gen Sänger.
Schon am Koppelberge standen

Jetzt sie, ihre Herzchen klopften.
Und da öffnete der Berg sich,
Und in tiefe Dämmrung führte
Da ein Weg; der Rattenfänger
Schritt voran und blies und lockte, —
Hinterdrein die Kinder alle.
Und als auch das letzte Kindlein
In die düstre Schlucht getreten,
Da verschloß der Berg sich wieder;
Ueber Gras und Stein und Sträucher
Pfiff der Herbstwind. —

Von dem Gottesdienst im Stifte
Kehrten heim die Bürger Hameln's,
Heim zu ihren leeren Häusern,
Leer von Ratten, leer von Mäusen,
Leer von den geliebten Kindern.

www.ingramcontent.com/pod-product-compliance
Lightning Source LLC
Chambersburg PA
CBHW021123110726
47900CB00007B/2318